【健康】チートでダメージ無効の俺、
辺境を開拓しながら
のんびりスローライフする
2
Bandou Taro
坂東太郎

Characters
ディダ
height:350cm
カーク
?
クルト
height:192cm
コウタ
height:176cm
ベル
height:
137cm
アビー
height:
158cm

「たあっ！　てやっ！　そりゃっ！」

ひとまずコウタたちは、新たな住人とともに模擬戦を行うことになったようだ。

コウタに棍棒は当たる。

木の盾によるシールドバッシュも当たる。

当たっているのに、コウタにダメージはない。

はじまった模擬戦は、「デカいと強い」と信じてきたディダの心を折るのに充分な衝撃を与えた。

contents

第一章　コウタ、新たな仲間とともに僻地の開拓をはじめる

【1】

旅人や冒険者の侵入を拒む死の谷《デスバレー》を抜けた先、山々に囲まれた盆地。

濃密な瘴気《しょうき》に満ちた「絶黒の森」と呼ばれるそこに、小さな湖があった。

コウタとカークがこの世界で目覚めた地である。

湖畔にそびえる大樹の下に、三人と一羽が集まっていた。

「この剣、どうにかならないかな？　斬れ味すごいし便利なんだけど、扱いづらくて」

「いやあコータ、クルトがいくら『失われた古代文明の生き残り』ったって無理だろ。当時だって素材の加工は専門家の領域じゃねえか？」

「ふむ、変異した絶望の鹿《ホープレス・ディア》のツノであるか」

この世界に転移してきたコウタ、転生した『逸脱賢者』アビー、【ダンジョンマスター】にしてダンジョンボスのワイトキングで古代文明の生き残り魔導士・クルトである。

クルトはアンデッド化しているため生き残りと言えるかどうかは微妙だが、それはそれとして。

ちなみにクルトの実体は黒い骨だが、ダンジョンの外では霊体を強めて痩せこけた壮年の姿を見せている。

「カァ？」

コウタの肩に止まったカラスが首をかしげる。

ともに転移してきて以来、カークはさらに賢さを増してきた気がする。三本目の足と一緒に知性も生まれたか。

「たしかに鍛冶《かじ》は専門外であるが――」

「やっぱり無理かあ。せっかくもらったツノだし、ずっと役に立ってくれてるし、使いやすくしたかったんだけどなあ」

「――瘴気を象《かたど》ったこの素材であれば、整えるぐらいはできよう。ふんっ」

「うおっ、なんだその魔力!?　マジか！　マジか!!」

絶望の鹿《ホープレス・ディア》がコウタに献上したツノを手に、クルトが力を込める。

いや、込めているのは力ではない。

魔力だ。

それも、陰に振り切れて「瘴気」と呼ばれる魔力だ。

目に見えるほど濃密な黒いモヤが鹿ツノ剣を包む。

黒色に覆われて中は見えない。

クルトの霊体がぽとりと汗を落とす。生物的な反応ではなく心情が表れたのだろう。たぶん。

モヤが晴れた時。

「…………え？」

「カァーッ！」

「ははっ、すげえ、こんなことができんのか！　すげえな魔法！　すげえな剣と魔法のファンタジー世界！」

そこには、一振りの剣があった。

枝分かれした鹿のツノではなく、一本の漆黒の剣が。

コウタはぽかんと大口を開ける。

カークが目を見開いて叫ぶ。

アビーが感嘆する。

「なに、たいしたことではない。陰の魔力経路を変更して一つの剣としたのだ。元が瘴気に満ちた素材だったうえに、『斬る』という特性があったゆえ調整可能だっただけにすぎぬ」

「いやいやいやいや！　意味わかんねえぐらいすげえって！」

「カア！」

「すまぬ、コウタ殿。我の力量では柄《つか》の形成はできぬ」

「充分だよ、ありがとうクルト！　本当にありがとう！」

受け取った漆黒の剣をかき抱いて、コウタがぺこぺこお礼を言う。

やはり枝分かれしたままのツノは使いづらかったらしい。当然である。

「あー、まあコータが使う分には柄がなくても問題ねえのか。いままでだってむき身だったしな」

「気をつけよコウタ殿、剣に満ちた瘴気は持ち手の精神を蝕《むしば》み……いや、【健康】なコウタ殿にはいらぬ心配であったな」

コウタがこの世界に転生した際、神から【健康】を授かった。

クルトいわく「ギフト」、アビーが言うところの「スキル」で、そのレベルは最上の「ｅｘ」であるらしい。

半引きこもりだったコウタが異世界で毎日活動できるのも、病も疲れも怪我《けが》もないのも、このスキルのおかげだろう。

モンスターの物理攻撃も精神攻撃も、コウタには一切影響がない。

当然、光を拒むような禍々《まがまが》しい漆黒の剣も。

「ありがとうクルト。本当にありがとう。へへ、へへへ……」

コウタは感謝の言葉と奇妙な笑い声を繰り返して、ぶんぶんとむき身の剣を振り続けていた。

精神を蝕まれることはないはずなのだが。

よっぽど気に入ったのだろう。

「コウタ殿？　だ、大丈夫であるか？　我ひょっとしてやってしまったか？」

「ははっ、心配いらねえってクルト。あれは単に嬉《うれ》しいだけだろ。しばらくそっとしておいてやろうぜ」

「カァー」

コウタはようやく、武器らしい武器を手に入れたようだ。それも、ほかの人には扱えない自分専用の。テンションが上がるのも仕方のないことだろう。

はしゃぎすぎて開拓が滞らないことを祈るばかりである。


いつもの湖のほとりに集まったコウタたちは、新たに知り合ったクルトから古代文明の魔法理論を教えられていた。

「万物は陰陽いずれも宿しているのだ。『ワイトキング』の我でさえ、陽《よう》の魔力を持っている。ご

くわずかではあるが」

「カァ？　カアッ！」

「うむ、そうだカーク殿。しっかり陰の魔力が練れている」

「えっ？　カークは俺と同じタイミングで練習はじめたのに……」

「なるほど、体の中にあるコレとコレを分けて考えるのか」

「アビーもカークもすごいなあ」

「あー、コータは意識が連続してるから、よけいわかりにくいのかもな。カークは本能か？　元の世界じゃただのカラスなのになあ」

「アビーはどうだったの？　すぐわかった？」

「魔力を感じ取るまで、オレは一ヶ月ぐらいかかったかな」

「一ヶ月……俺がこっち来てからもう三ヶ月経《た》ってる……」

「け、けどほら、オレは自分で動けねえ乳児で、時間がたくさんあったからな！　そう落ち込むなってコータ！」

『逸脱賢者』で【魔導の極みＬＶ．ｅｘ】持ちのアビーはすぐに魔力を感じ取り、カークは本能で理解したようだ。カークはカラスだが、この世界に来てから「三本足のカラス」になったので。

「うし、ちょっと休憩するか！」

「え？　けど俺は【健康】で」

「最初から根を詰めてもいいことねえって、気分転換だ気分転換！」

「我はアンデッドゆえ休息は不要なのだが」

「疲れねえヤツ多いな！　ブラック開拓はごめんだぞ！」

「カァ？　カァー……」

「ははっ、カーク、アビーは黒《ブラック》がイヤって言ったんじゃないよ。カークの黒はツヤがあってキレイだと思うし」

「カァ？　カァー……」

「すまねえカーク、勘違いさせちまったな」

コウタの言葉にばっさばっさと羽ばたくカークを、アビーがするりと撫《な》でる。

跳ねまわるカークはなにやら動揺しているらしい。ツンデレか。カラスで、オスなのに。

「カッ、カアーッ！　カァカア！」

飛び立ったカークが大きく鳴く。

照れをごまかした、わけではない。

「どうしたのカーク？　あっ！」

「おー、岩が揺れてるな！　帰ってきたか！」

コウタが途中まで切り拓《ひら》いた道を、ひょこひょこ揺れる大岩が近づいてくる。

大岩が動くその光景を見ても、コウタもアビーも焦ることはなかった。

岩石系モンスターでもゴーレムでもない。

「ただいまです、みなさん！」

岩の根元から明るい声がする。

たたたっと駆けてくる。

五メートルほどの大岩の重さなど感じさせないほど軽やかに。

「おかえり、ベル。いつもありがとう」

勇者パーティから追放された荷運び人《ポーター》、ベルの帰還である。

「…………我、よく生き残れたなあ。死んでるけど」

一〇〇トンは超えるだろう大岩を背負って駆け寄ってくる荷運び人《ポーター》の姿を見て、クルトは思わずつぶやいた。

ベル本人が言うには、「荷運び人《ポーター》は戦えない」らしいのだが。


「それで、どうだったベル？　魔石は売れた？」

「はいっ！　これが明細です！」

「おー、あれだけありゃそれなりの額になるもんだな」

「小さな魔石は使い道が多いから、たくさん仕入れられて嬉しいって言ってました！」

「んじゃその商人はよその街や村にさばくルートを持ってんのかも。よしよし」

「どうかなアビー？　開拓の資金源になりそう？」

「お屋敷や要塞《ようさい》を建てるわけじゃねえんだ、充分だろ」

「よかったー。……そういえば、魔石って何に使うの？」

「カァー。……カァ？」

コウタの質問を聞いたカークがしょんぼりと視線を落とす。知らないで売ってたのかよ！　とでも言いたいのか。もっとも、そのあとすぐに問いを重ねたようだが。カークも知らないらしい。賢くともカラスなので。

三人と一羽は、最寄りの街まで往復してきたベルの報告を受ける。

先ほどまで魔法の講義を受けていたのと同じ場所だ。

明細を確認するアビー、疑問顔のコウタとカークをよそに、ベルは大岩から荷を下ろしている。報告のはずなのに。

まあ、購入物のチェックも必要なことだ。

決して「荷運び人《ポーター》は運んだあとのことは知らない」わけではあるまい。

ベルもまた、村づくりのメンバーなのだ。

「ふむ、我も気になるところである。インディジナ魔導国では、燃料がわりに使うことが多かったが……」

「その辺は変わらねえんじゃねえか？　魔石はだいたい、こういう魔道具に使うんだ。ほれ」

「おー、光った！」

「カァカア、カアッ！」

「明かりを灯《とも》す魔道具だ。魔道具の中じゃ一番普及してるかもしれねえ」

「へえええええ」

「ほうほう、現代ではこのような魔法式を使うのか。ふむ、興味深い」

「カァー」

ベルが何気なく置いたカンテラをいじって、アビーが明かりをつけた。

わかりやすい「魔石の使い道」にコウタは興味津々だ。クルトも興味津々だ。カークはうっとりしている。

魔石をエネルギー源としたカンテラは、二人と一羽の顔をぼんやり照らす。

「こいつや点火の魔道具なんかはクズ魔石でも充分動く。だから商人が『たくさん仕入れられて嬉しい』って喜んだんだろ」

「……つまり、乾電池みたいな感じ？」

「おう、やっぱ元の世界を知ってる相手だと話が早いな！」

「カァー」

なるほど、とばかりにコウタが頷《うなず》く。カークも頷く。クルトの目が爛々《らんらん》と輝く。『異世界の知識』だと察したらしい。

ベルは荷下ろしを続けている。マイペースか。

「おっ、スケルトンの装備も売れたんだな。思ったよりいい値がついてる」

「え？　あれ、けっこうボロかったような……」

「そのまま捨て値で売るか、鍛冶師が直して安値で売るそうです！」

「けっきょく安いんだね」

「ははっ、買い取ってもらえただけで御の字だろ」

「この辺境では、武器も防具もどれだけあっても困らないって言ってました！」

「喜んでもらえたならよかった。じゃああのダンジョンは、思った通り資金源になりそうだね」

「おう！　ただ、ほんとにいいのかクルト？　一番下、五階層には立ち入らねえようにするけど……」

「かまわぬ。むしろ、我の手で処理して売却を願おうかと考えていたところだ。現代の魔法書や魔道具、金属やモンスター素材に興味があるゆえな」

「なんというか、うーん……」

「難しく考えんなってコータ！　クルトがいいって言ってんだ、ＯＫだろ！　ほら、ボスが雑魚モンスを狩るタイプのダンジョンがあってもおかしくねえって！」

クルトは【ダンジョンマスター】だ。

ダンジョンマスターだが、ダンジョンを荒らす侵入者の存在は許容できるらしい。

そもそも研究所にたまたまダンジョンがつながっただけであって、クルト自身に【ダンジョンマスター】の自覚はない。

ともあれ、クルトの許可は出た。

ダンジョンの素材は売れることも確認できた。

「健康で穏やかな暮らし」を目指す三人と一羽の村づくりは、開拓の資金源を得たようだ。

「む、そうか。こうしてコウタ殿にアビー殿、ベル殿に出会えたのだ。手間をかけずとも、不要の魔道具や魔法書を売却すれば」

「待て。待てクルト。その話くわしく」

「アビー？　どうしたの？」

「カァ？」

「『不要の魔道具や魔法書』ってそれ『古代文明の遺産』じゃねえか！」

「あ、そっか。クルトは二〇〇〇年前から生きてるって」

「わあ！　古代文明の遺産、『アイテムボックス』を見つけた勇者さまはすごく喜んでました！」

「ふむ、いまではそのように扱われているのか。あれほどの魔道具は持っておらぬが――」

「だよなあ。よかった、そんなの売ったら大騒ぎになるところだったぜ。どうしてもって言うならワープホール経由で実家に買わせるけどよお」

「――インディジナ魔導国の初級魔法教本ならば売っても問題なかろう」

「大問題だわ！　写本できるぶんアイテムボックスより大騒ぎになるわ！」

「あ、そうなんだ」

「カァ」

「むっ、当時ではありふれた教本であったが……なるほど、ありふれた本ゆえ保存性に難があったかもしれぬ」

「金が必要ならオレが買い取るから！　いや待て、対価が払えねえ！　くっ、こうなったら土下座でもなんでもして実家に泣きついて」

「そんな貴重なものなんだね、これ」

「カアー」

「うーん、僕には読めません！　荷運び人《ポーター》失格ですね！」

「言語が異なれば思考も変化すると聞く。コウタ殿やベル殿さえよければ、魔法とあわせて教えて進ぜよう」

「マジかよ、んじゃオレも、よっしゃこれで『古代文字』が読めるようになる、ってそうじゃなくて！」

「【言語理解】があっても中身は読めないなあ。口にしてもらえばわかるかも？」

「カァー？」

「スキルって仮称してるけどその辺の検証はこれから、でもねえし！」

うがーっと悶《もだ》えるアビーを前に、コウタは首をかしげる。カークも首をかしげる。角度が揃《そろ》っている。

ベルはコウタの手元の古びた本を覗《のぞ》き込んでいる。

紙が古びているのか、本からはらりとページが一枚抜け落ちて、アビーがダイビングキャッチする。

「実物！　古代文明の初級魔法教本の実物なんだぞ！　丁寧に！　全員もっと丁寧に扱え！　こんな屋外じゃなくて室内で厳重にぁぁぁぁあ」

キャッチした勢いのまま、うつぶせで地面をずざざっと滑りながらアビーが叫ぶ。

服が汚れても顔に土がはねても、ページを持った手は掲げたままだ。

二〇〇〇年前にはありふれた本であっても、現代では「存在したらしい」と憶測でしか語られない本なので。

身を投げ出したアビーの活躍により、貴重な本の一ページは守られた。

「よかった……ははっ、ほんと、片道転移に挑戦してよかった……これ見たら帝立魔法研究所のヤツら血涙流してうらやましがるぞ」

アビーはごろりと仰向《あおむ》けになって、古びた紙を空にかざす。

頭上では精霊樹がさわさわと葉を鳴らしていた。

【2】

ベルが街から帰ってきた翌日。

小さな湖の横、広場から少し離れた場所で、コウタたちが作業にいそしんでいた。

「コウタさん、運ぶのは僕に任せてください！」

「今日は俺もこっちを手伝うよ」

「そうなんですか？」

「うん。魔法の話を聞いてたいしね。……俺はまだできないけど」

「カァー」

よいしょっと声を出してコウタがレンガ状の石を持ち上げる。

隣のベルと比べたらわずかだが、比較対象が悪い。

がんばれコウタ、とばかりに鳴くカークは手ぶらだ。持てないので。比較にならない。

「万物は陰陽の性質を併せ持つ。その強弱を見極めることが魔導の深淵《しんえん》への第一歩である」

「なるほどねえ。単純に『土魔法』ってひとくくりにできねえってわけか」

「うむ、土は陰の魔力が強い。一方で、陽光や風は陽である。ゆえに、『土魔法』で地上に影響をもたらすのは難度が高いのだ」

「はあ、だから土魔法得意なヤツはだいたい地下からせり上げてんのか。へえ」

「知らず感じ取っているのであろうな」

「あっ。じゃあクルトの研究所が地下にあるのって」

「そうだコウタ殿。魔法のみでは地上への建築は不可能であったろう」

「へー、なるほどねえ」

「コウタさんもアビーさんもすごいね、カーク。僕はついていけないや」

「カァ？」

クルトとアビーが形成した石を運搬しながらベルが漏らす。

カークは、そうか？とでも言わんばかりにひゅっと首を傾ける。

魔法が使えないながらも、コウタは話についていけているようだ。

「うっし、コツを掴《つか》んだぜ。これならオレにもできそうだ！」

【魔導の極み】があるゆえに筋がいいのか。それとも、筋がいいゆえに【魔導の極み】と認識されているのか。スキル、か」

「はいっ！　卵が先か鶏が先かってヤツですね！」

「はは、ベルはその表現好きだね。……鶏は普通なのかなあ」

遠い目をするコウタ。

なにしろこの世界で目覚めてからというもの、遭遇した動物はやたら好戦的だった。

一緒にやってきたカークを別にしたら、絶望の鹿《ホープレス・ディア》と鏖殺熊《ジェノサイド・グリズリー》である。

「地下住居でよければ、異世界の知識の対価に我が建築してもよいのだが……」

「まあ魔法の練習ってことでな！　自分の家を自分で建てるのって憧《あこが》れるし——」

そこまで言って、アビーはちらっと精霊樹の根元に目を向ける。

コウタが自作した犬小屋、もとい、コウタ宅はまだそこにあった。いつ倒壊してもおかしくない様子だが。

「オレを受け入れてくれたお礼にな、コータとカークの家も建ててやりてえんだ。オレの手で」

「アビー……ありがとう」

「カアー！」

「ま、まあほらアレだ！　いつか住人が増えた時のためにな！　自分たちでやれりゃそれに越したことはねえからよ！」

アビーがふいっと視線をそらす。

頬《ほお》がわずかに赤くなっている。

残る三人と一羽は微笑《ほほえ》みながら少女――中身は男性――を見守っている。

「ほらほら、ぼーっとしてねえでやるぞ！　ガンガン作ってくからガンガン積んでくれ！」

「じゃあ運ぶのはベルにお願いして、俺は積んでいこうかな」

「はい、任せてください！」

「カアー！」

わかりやすい照れ隠しをからかうことなく、コウタとベルが作業を再開する。

カークは一つ大きく鳴いて、ばっさばっさと飛んでいった。

手伝えることはないと判断して、日課の見まわりに出たようだ。賢いカラスである。

アビーが形成し、ベルが運んできたレンガ状の石をガンガン積んでいこうと、コウタが気合いを入れたところで――

「待たれよコウタ殿、ある程度積んだらアビー殿に固着化の術式を指導せねば」

「あっはい、わかりました」

待ったがかかった。

この世界の魔法は万能ではないらしい。

ようやく、「まともな住居」の目処《めど》が立ったものの、「健康で穏やかな暮らし」は遠い。


翌日、コウタたちは今日もまた精霊樹と小さな湖の間の広場に集まっていた。

「ぐっ。あー、けっこうキツイなこれ」

「アビー、大丈夫？」

「カァ？」

「すまねえけど今日は荷物運び無理そうだわ。コータたちは平気なのか？」

ぐっと腰を伸ばしながら、アビーがコウタに目を向ける。

「あっうん、俺はほら、女神様？に【健康】にしてもらったから」

「筋肉痛とも無縁なのか！　地味だけどうらやましいな！」

「大丈夫ですよアビーさん、体が痛い時も続けると、たくさん【運搬】できるようになります！僕も子供の頃はそうやって鍛えました！」

「ハードすぎる。オレ、ベルの村に転生しなくてよかった。ありがとう親父《おやじ》。ありがとうおふくろ」

「生身の体であれば疲労が残っていたであろう。アンデッドも便利なものだ」

「くそっ、クルトもかよ！　疲れ知らず多いな！」

「カァー」

「ありがとうカーク。がんばっていこうな。オレたちは常識を大事にしていこうな」

嘆くアビーの腕にカークが止まる。

慰めているつもりなのか。

三本足のカラスの重みで、常識外れの『逸脱賢者』の腕がぷるぷる震えた。

常識人ぶっている人ほど常識人ではないものだ。

「それにしても……魔法ってすごいなあ」

昨日の成果をあらためて目にして、コウタはしみじみとつぶやく。

広場の横、コウタが切り拓いた空間に、一軒の小さな家が建っていた。魔法で成形した石を魔法で固めた石造りの家は、昨日までなかったものだ。

コウタが精霊樹の根元に作った、素人がＤＩＹした大きめの犬小屋のようなものとはレベルが違う。

「ガラスが作れねえからなあ、木製の鎧戸《よろいど》でもつけるしかねえんだけど……」

「陽の光が届かない空間は快適なものだが」

「アンデッドと一緒にすんなって。光と風は大事なんだぜ？」

「それ、向こうで言われたなあ。だから朝起きるようにして、少しでも外に出るようにしたんだっけ」

「カァー、カア！」

そしたら俺と会えたんだよな！　とばかりにカークがばさばさ羽を鳴らしてアピールする。

コウタの日課だった朝の餌やりは、カークにとっても喜ばしいものだったらしい。カラスを餌付けしてはいけない。

完成した石造りの家は平屋建てで、内部は二部屋あるだけのシンプルなつくりだ。

部屋を分けたのは利便性ではなく、屋根を支えるための柱がわりだった。

クルトは「心配あるまい」と言うものの、アビーは壁だけで屋根を支えることに尻込みしたらしい。

光と風を採り入れるために開口部は多いが、外壁に窓はない。

古代文明の生き残り魔導士であっても、「透明なガラス」は魔法では作れないらしい。

あるいは研究者だったクルトの興味の範囲外だったか。

「採寸して、ベルに頼んで街で作ってもらう？　俺がやったら隙間《すきま》だらけになっちゃうだろうし」

「とりあえずそうすっかな！　んで、ヒマな時に透明なガラスの作り方を研究するか！　どうやって作るんだっけなあ。ここは魔法がある世界なわけで、多少強引でもなんとか」

「くはは、素晴らしい意欲だ。どれ、気分転換に我も資料を漁《あさ》るとしよう」

「研究の気分転換に研究のお手伝い……」

「二人ともすごいですね！　何か【運搬】する時は任せてください！」

「ベルは前向きだなあ」

「カァ？　カァカア！」

学者肌の二人を前に落ち込むコウタに、カークは「人には向き不向きがあるもんだ、胸はってやれることをやっていこうぜ」とばかりに慰めた。カラス語は通じない。

「うん、そうだね。アビー、俺はちょっと畑を見てくる。そのあとはカークと一緒に見まわりしてくるよ」

「カァ！」

通じないのか？

コウタとカークは、スキル【言語理解】である程度通じ合っているのかもしれない。

「サンキュー、コータ！」

「ふむ、では我も行こう。いまの世で『絶望の鹿《ホープレス・ディア》』と名付けられたモンスターが気になるゆえな」

「じゃあ僕はまた街に行く準備をしておきますね！　あっ、けどもう一回ダンジョンで魔石を取ってきた方がいいかなあ」

「ナチュラルにモンスターを魔石扱いしてるなベル。荷運び人《ポーター》ってなんだろ。死も運ぶのか？」

考え込むベルを前に、アビーの顔が引きつる。

三人と一羽は気にしない。

コウタは加工された「漆黒の剣」を手に、三本足のカラスとワイトキングをお供にスタスタ去っていった。

ベルは大岩の中に潜り込んで、がさごそ整理をはじめる。

「うしっ、だいたい感じはわかったからな、次はコータたちの家をなんとかすっか！」

残されたアビーは、また次の建築に取り掛かるようだ。

精霊樹の根元、小さな湖のほとりは、徐々に人が暮らす集落っぽくなっていく。

もう少しすれば、建築に使える魔法を覚えたアビーの手により、コウタやベルの家も建つことだろう。

健康で穏やかな暮らしはまだ遠いが、一歩ずつ近づいていることは確かなようだ。

ちなみに。

異世界生活四ヶ月目にもかかわらず、コウタはいまだ人里に行ったことはない。

引きこもる場所が、部屋から森になっただけなのかもしれない。

それでも、本人は楽しそうだ。心身ともに【健康】だし。

【3】

「こっちは初めて来るなあ」

「カァ？」

コウタが思わず漏らした独り言にカークが反応する。

三本足のカラス・カークは、そうだったか？　とでも言いたげだ。

コウタとカークは、精霊樹と小さな湖のほとりを離れて見まわりをしていた。

午後の散歩ともいう。

いちおう、コウタは漆黒の剣を手にしている。

ときどき下草を払ってるあたり、ナタがわりにしか考えてないようだが。

見まわりに出たのはコウタとカークだけではない。

「我は二〇〇〇年ぶりか。ずいぶんと変質が見られる。なるほど、『瘴気渦巻く絶黒の森』か」

ボロいマントをまとって杖《つえ》を手に、痩せこけた壮年の男が同行している。

クルトである。

ダンジョン外では骨の体ではなく、人間の姿を取っていた。見た目だけは。

「東には死の谷《デスバレー》があって、南にはクルトの研究所がある」

「ダンジョンでかまわぬよ、コウタ殿」

「クルトはこっち、絶黒の森の西に何があるか知ってる？」

「ふむ。我が研究所にこもってから二〇〇〇年の時を経ているゆえ、定かではないが……」

「あっはい。ずいぶん長い間引きこもってたんだね」

「ここより西、山々を越えた先には海があったはずだ」

「おおー、海！」

「カァ！」

「いまも存在するかはわからぬがな」

「いやいやいや、海だよね!?　二〇〇〇年じゃなくならなくない!?」

「うむ、おそらくは」

「『おそらく』なんだ……異世界すごいなあ……」

「カァー」

進行方向の先、西にそびえる山々を見上げるコウタとカーク。

コウタはただぼんやりと、カークは今度見に行ってみるかと決意を込めて。

道のない山を踏破するのは厳しいものだが、カークには翼がある。

もし飛べれば、コウタも気軽に「絶黒の森」の外に出たことだろう。出ただろうか。

「ガアッ！」

「ん？　どうしたのカーク？」

「ほう、これはなかなか……興味深い」

コウタとともに西を見ていたカークが警告の鳴き声をあげた。

呑気《のんき》なコウタはともかくとして、クルトはすぐに反応する。

「モンスターが出た？　カーク、クルト、下がって。前衛は【健康】持ちで怪我しない俺が」

「カァ」

「その必要はあるまい、コウタ殿。話通りであれば、あれは」

「あっ」

木々の枝葉と瘴気で薄暗い森の先。

幹の陰から、一体のモンスターが姿を現す。

モンスターを前に、二人と一羽は冷静だ。

なにしろ現れたのは、見知った顔だったので。

絶黒の森の濃密な瘴気で変異したモンスター。

鋭いツノで人も動物もモンスターも斬り裂き、敏捷性《びんしょうせい》と速度で何者も逃さない『絶望の鹿《ホープレス・ディア》』である。

コウタに差し出した左のツノは、生えかけで短いままだった。

「最近見ないと思ったらこっちにいたんだね。ひさしぶり」

ペコっと会釈するコウタ。いつもの挨拶だ。

つられて鹿も頭を下げて、剣状に伸びた右のツノと短いままの左のツノを向ける。いつもの挨拶、ではない。

前足の蹄《ひづめ》でゴリゴリと地面をかいて、いまにも向かってきそうなそぶりを見せる。息も荒い。

「あれ？　どうしたのかな？」

「カァー。カアッ！」

「うむ。カーク殿の読み通り、我を警戒しているのであろうな」

「そっか、クルトは初めてだっけ」

「くはっ、我の魔力を感じながらも立ち向かうか。コウタ殿はずいぶん好かれているようだ」

「え？」

クルトがすうっと前に出る。

黒い鹿はぷるぷる震えだす。が、突進の構えを保っている。

クルトがばさっとマントを開く。骨の体となって杖をかざす。

黒い鹿は及び腰で、背後とコウタにちらちら視線をさまよわせる。

が、やはり逃げない。

「カアッ！」

と、見かねたカークがコウタをつついた。

「えっ、あっ、そうだね。クルト、この鹿は悪いモンスターじゃないんだ。ほら、鹿も。クルトは新しい仲間で」

黒いオーラ――瘴気、あるいは陰の魔力――をまとったクルトの肩を、コウタが気軽にポンと叩《たた》く。

黒い鹿がぎょっと目を見開く。歯を剥《む》く。

「だから襲わないようにしてくれると嬉しいなあって」

ニコニコ笑うコウタに毒気を抜かれたのか、クルトが人間の姿に戻った。戦闘態勢を解いたらしい。

鹿はへにょりと座り込んだ。極度の緊張状態だったのだろう。

「クルトも気をつけてね。ほかの絶望の鹿《ホープレス・ディア》はわからないけど、この鹿は悪いモンスターじゃないから」

「うむ、了解した」

「あれ、ほかにも絶望の鹿《ホープレス・ディア》っているのかな。話に残ってるぐらいだし、一体だけじゃないと思うけど……一体しかいないいんじゃ繁殖できないし……」

アゴに手を当てて考え込むコウタ。呑気か。

クルトは苦笑して、地面でぐったりする黒い鹿は呆《あき》れ顔だ。

「カァー」

あとカークも。

健康で穏やかな暮らしを目指して開拓しながら、コウタは少しずつこの異世界のことを知る。

古代文明の生き残り魔導士・クルトによって、周辺のおおまかな地理も。

東は死の谷《デスバレー》とその先に街、南はダンジョン。

「海かあ。あれ、海があるなら魚が手に入る？　塩も調達できそう？」

山々を越えれば、西は海なのだと。

コウタが絶黒の森から出る日も近いのかもしれない。

心身の【健康】によって戻りつつある、食欲のおかげで。

第一章 コウタ、巨人族の小さな少女と出会って村づくりを進める

【1】

「ディダ、本当に行くのか?」

「止めねえでくれ、お父《とう》。おらは独り立ちするんだ」

「ああディダ、私のディダ……こんなに小さい女の子が旅に出るなんて……」

「お母《かあ》、おらはもう大人だ」

ざざっ、ざざーっと波の音が聞こえてくる浜辺で、一つの家族が抱き合った。

旅立つ一人娘は、両親の腰ほどの背丈しかない。

それでも、少女は成人している。

背は低くとも。

「元気でな、お父、お母」

「………ああ。必ず、便りを寄こすように」

「いつでも帰ってきていいからね。ディダの好物を用意して待ってるわ」

好物と聞いて、少女はゴクッと唾を飲み込む。

娘の様子に気づいた母が、娘の好物を次々に口にする。

まるで、旅立ちをやめさせようとするかのように。

ちょっと口を開けてヨダレを垂らしかけた少女がぶんぶん頭を振った。

くるっと向きを変えて足を踏み出す。

「んじゃ、行ってくるだ！」

ずさずさと砂浜を踏みしめて、少女は歩き出した。

うつむいて、白い砂にめり込む足先を見つめて。

ポタポタ落ちる水滴に気づかれないように。

両親の声が聞こえなくなった頃、少女はふと足を止めた。

うつむいた視界に、誰かのつま先が見えたのだ。

顔を上げる。

まだ上げる。

ぐっと見上げる。

大きな両親よりもまだ大きな男が、村の出入り口の前に立っていた。

「行くのだな、ディダよ」

「里長《さとおさ》……」

「たとえ漁に出られずとも、ディダの暮らす道はあるのだぞ？」

「いいんだ。おら、独り立ちしてえんだ」

「ならば止めぬ」

「いままでありがとうございました」

「すまぬ……小さき者の旅に、幸あらんことを」

長《おさ》の謝罪を聞き流して、少女は里長の横を通り過ぎた。

少女の頭は、里長の腰にも届かない。

歯を食いしばった自分に気づいて、少女はふっと苦笑を浮かべた。

里を出ると決めたのに、いまさら気にするなんて、と。

里を出た少女は一度も振り返らなかった。

歩き進めるうちに、苦笑は笑みに変わっていく。

「おらはもう大人だ。独り立ちするんだ。ちっちゃくたってできることはある。それに——」

旅立った少女は海に沿って南下していく。

向かう先に当てはない。

「——大きくなる方法だってあるかもしれねえ」

前向きな決意と後ろ向きな願望を抱えて、少女は当てのない旅に出た。

背負う木盾も手にした棍棒《こんぼう》も、人が扱うには巨大すぎるシロモノで。

それでも、少女は小さかった。

生まれ育った巨人族《ギガント》の里では。

同族と比べたら小さな足で、人間と比べたら大きな足で、少女は海辺を歩いていく。

ずしずしと足音を響かせて。

×××××

「うう……海はどっちだべか……」

里の近くや周辺は何度も遠征した。

仲間と一緒に、隣の里に行商についていったこともある。

旅に先駆けて野営の練習もしてきたし、備えもした。

このあたりに出るたいていの陸上モンスターなら蹴散らせる。

だが、どれだけ準備をしてきても、どうしようもないこともある。

少女は方向音痴だったのだ。

致命的である。

海沿いを歩いているうちは順調だった。

もし迷ったら引き返せばいいとずんずん進んだ。

けれど、延々と海沿いを歩けるわけではない。

切り立った崖を避けるべく内陸に入ってしばらくすると、海がどっちかわからなくなった。

低い方に進めばいずれ海に出るだろうと歩いていくうちに、少女はすっかり迷ってしまった。

当てもなく山中をさまよって、野営ももう三日目だ。

もはや海どころか、今日来た方向もわからない。

「おらは、旅に出てもこんなちっぽけな獲物しか仕留められねえのか……なぁにが大人だ」

モンスターがはびこる世界の山の中で迷う。

致命的な状況なのに、少女はどこか呑気《のんき》だった。

狩った鹿を火で炙《あぶ》ってむしゃむしゃ食べる。

モンスターではない普通の鹿は人間の獲物にしては大きいが、巨人族《ギガント》の獲物としては小さい。

「なんでおらは小さいのかなあ。大きければ、みんなと一緒に、浜で網を引けたのに」

泣きながらモモ肉の塊にかぶりつく。

巨人族《ギガント》の里の中で一番身長が低い。

それは、デカいと強い巨人族《ギガント》としては「里で一番弱い」のと同じ意味だった。

一番弱いと見た目で判断される。

里長やほかの住人、仲間から優しくされても、どこか下に見られているようで。身長差で見下ろされているのだが、そういうことではなく。

里を出る前、少女は努力を続けてきた。

小さければ小さいなりの戦い方を、あるいは小さくてもできることを、小さいからやれることを。

少女の努力は認められて、いまでは「小さくとも大人の巨人族《ギガント》」だと認められた。

それでも、やるせない思いはある。

少し塩気のついたモモ肉にかぶりつく。

気づけば少女は一匹分を食べつくしていた。

ちょっと食べすぎたかな、けど大きくなるにはたくさん食べないと、などとぼんやり思ったところで。

「カァー」

いつの間にか、鹿の残骸の横にカラスが止まっていた。

「うん？　食べ残しを漁《あさ》りに来ただか？　好きにするといいだ」

「カァ」

「わっ。人懐《ひとなつ》っこいカラスだべなあ。おらを慰めてくれてんのか？」

少女の涙の跡を見て、カラスは肩に飛び乗って羽を寄せる。

「なあカラスさん、海がどっちかわからねえか？　人里でもいいんだけども……」

「カァ！」

カラスが答えるはずもないと少女もわかっている。

それでもついつい聞いてしまったのは、しばらく話していなかったせいだろう。

カラスはひと鳴きして、闇夜に飛び去っていった。

「……明るくなったら、あっちに行ってみるだかなあ」

少女はポツリとつぶやいた。

カラスが飛び去った方向には、月明かりに照らされて山の稜線《りょうせん》が見える。

そちらに海がないことは明白だ。

けれど少女——ディダラドラは、決意した。

あの山を越えるのだと。

生まれ育った海辺から離れて、自分は自分として生きていくのだと。

早朝、少女は山に向けて旅立った。

道に迷うたびに、少女の前にカラスが現れては飛び立っていった。

まるで、少女を導くかのように。

巨人族《ギガント》は、強ければ強いほど大きくなる。

「巨人族《ギガント》の中で最小」は、「巨人族《ギガント》の中で最弱」と同じ意味だ。

もちろん強さ以外に役立てることはあるのだが、それでも。

「小さな巨人族《ギガント》」という矛盾を抱えた少女はどこへ向かうのか。

山を越えたその先に何を見るのか、誰と出会うのか。

知る者はいない。


——いまは、まだ。

【2】

「こっちはずいぶん険しいね」

「ああ、こりゃしんどいかもなあ」

「カァ？」

「あっうん、空を飛べるカークには関係ないもんね。頼りにしてるよ」

「カァッ！」

コウタとカークがこの世界で目覚めてからおよそ四ヶ月。

一人と一羽は、拠点から離れた場所にあった。

精霊樹と小さな湖のほとりの西側、瘴気《しょうき》渦巻く絶黒の森の西だ。

カークの導きでコウタとアビーが、拠点西側の探索をはじめてから三日が経《た》つ。

二人と一羽は、西側の山を登っていた。

「『空間探索《ディメンションサーチ》』！　くっ」

「大丈夫、アビー？　情報量が多いからその魔法はしんどいって」

「まあ、道が存在しないんだ、やらなきゃ進めねえからな。けど……」

「けど？」

「ほんとに、ここから先はキツそうだ。ロープにピッケル、スパイクつきの靴で本格的な登山の準備をするか、クルトに便利な魔法を教わるかだな」

「そっか……」

「空を飛ぶか、滑落覚悟で進むかしねえとしんどそうだ。オレたちがもうちょいデカけりゃ、崖もよじのぼれそうなんだけどなあ」

「カァ？　カアー」

「うーん。俺が一人で進む、とか？　ほら、俺は失敗して滑落しても【健康】だから怪我《けが》しないし」

「ありっちゃありだな。けどコータ、保険は準備しとかねえと。谷底に落ちて、助けるまで何日もかかるってなったら大変だろ？」

「たしかに。それはキツすぎる……」

「カァ！」

そん時は俺が水と食料を運んでやるよ、とばかりに胸を張るカーク。山岳救助犬か。犬でさえないのに。

三本足で【導き手】のスキルを持つカラスは、コウタとアビーを西に連れていきたいらしい。

西への探索行中に何度か二人の元を離れることもあったため、アビーは「また何かあるんじゃないか」と考えていた。拠点南のダンジョンを見つけたのもカークである。

拠点の東の山は、一つ越えただけで景色が変わった——旅人や冒険者の侵入を阻む、赤茶けた死の谷《デスバレー》であることは置いておいて。

だが、西側は山々が連なっているらしい。

三本足のカラス・カークが空から道案内して、『逸脱賢者』アビーが空間魔法と土魔法を駆使して山歩きに挑戦してきたが、とうとう限界のようだ。

二人と一羽の目の前には、崖と谷が続いている。

「無理はしないで、ベルが帰ってくるのを待とう」

「だな！　んじゃオレは、クルトにいい魔法知らないか聞いてみるか！」

西の山を越えて海を目指していたコウタたちはあっさりと諦めた。

成果がなかったわけではない。

アビーの手には、拠点からここまで地図化《マッピング》した羊皮紙が握られている。

「カァッ！」

「あれ？　カーク？　帰ろうって話してたんだけど……どこ行くつもりなんだろ」

「んー、なんか見つけたか？　まあちょうどいいだろ、帰る前にちょっと休憩にしよう……ぜ……？」

「…………え？」

飛び去ったカークを目で追ったアビーが止まった。

つられて同じ方向を見たコウタも止まった。

カークが飛んでいった先。

急な斜面の向こうに、太い丸太がひょっこり顔を出している。

二人が、最初からそこにあった丸太の存在を見落としていたわけではない。

丸太はいまも動いている。

近づいてきている。

「トレント、とか？　樹木系のモンスターもいるんだよね？」

「いるにはいるけど、よく見ろコータ。あの木には枝葉がねえ」

「あ、ほんとだ」

「つまりあの木は、人、あー、この世界じゃ人だけとは限らねえか、ともかく、知性ある存在が手を入れたってことだ」

「下がって、アビー。モンスターや襲ってくる相手なら俺が」

「それは大丈夫かもな。ほら」

白く細い指をすうっと向けるアビー。

カークが、丸太の先端に止まっていた。

上下するたびにバランスを取って羽を広げて、なんだか楽しそうに。呑気か。

「カークが警戒してないなら平気かなあ」

「たぶんな。まあ油断しないで準備しとこう」

了解、と応えたコウタが前に出る。

腰に吊《つ》るした漆黒の剣――元の鹿ツノ剣――に左手で触れる。

友好的な相手だった時のため、抜きも構えもしない。

ベルと出会った時より進歩している。

あの時はぼーっと突っ立っていたので。

アビーは杖《つえ》を手に、こっそり魔力を練りはじめた。

やがて、丸太の根元が二人の視界に入る。

「……女の子？」

「だな。棍棒に革の鎧《よろい》、背負ってるのは木の盾か？　普通っぽい。普通の冒険者っぽい」

急な斜面を、よいしょっとばかりに歩いてくるのは一人の少女だ。

段差をひとまたぎして、大岩によじのぼって、木立をまわりこんで、えっちらおっちら近づいてくる。

激しい上下動が楽しいのかカークはご機嫌だ。

ところで、アビーはディスったわけではない。

「普通っぽい」はアビーにとって褒め言葉だ。

なにしろ最近出会ったのは「ありえない大岩を軽く背負った少年」と、「古代文明の生き残りの知性あるアンデッド」なので。

「普通」は最高の褒め言葉だ。

けれど。

「あれ？　ねえアビー、まだけっこう離れてるのに――」

「言うな。それ以上言わないでくれコータ」

コウタが知らない人間と出会うのはベル以来だ。クルトをカウントしない場合。

近づいてくる少女をコウタなりに観察するのは当然だろう。

そして、コウタは気づいた。

少女まではまだ距離がある。

だが、棍棒の先にいるカークの大きさはわかっている。

だからコウタもアビーも、気づいた。

「――あの子、大きくない？」

少女は、普通の人間にしてはサイズがおかしいことに。

「あああああああ！　普通っぽいと思った分ダメージがデカい！　なんだこれ！　絶黒の森はハードすぎませんかねぇぇえええ！」

絶叫で、少女はコウタとアビーに気づいたらしい。

目を丸くして、嬉《うれ》しそうに顔をほころばせて、ずんずん走り出した。

揺れる丸太でカークが楽しそうだ。

「おお……この世界にはずいぶん大きい子もいるんだね。けっこういるのかな？」

「んなわけねえだろコータ………」

少女を発見した時よりも、近づいてくるいまの方がコウタは呆然《ぼうぜん》としている。

アビーは頭を抱えた。

空間魔法の使い手として、距離感を把握するのは得意なので。だいたいの身長を理解したようだ。

カークは丸太の上で、誇らしげに羽を広げた。

と、近づいてきた少女が立ち止まる。

キョロキョロする。

ささっと近くの木の陰に隠れる。

「は、はは、は、はじめまして」

「あ、はい、はじめまして」

人見知りらしい。

ひさしぶりに他人と会話できそうなのが嬉しくて勢いで近づいてきたけれど、根は人見知りらしい。

そしてコウタもコミュニケーションが得意なわけではない。

挨拶をかわした二人の間に、沈黙が舞い降りた。

「カァ?」

カークの鳴き声がむなしく響く。

コウタと女の子は冷や汗を浮かべるばかりだ。

「あああああ!　おたがい聞きたいことあるだろうよ!　あとぜんぜん隠れられてねえし!　天然か、また天然タイプか!?　ぉぉぉおおお、もういい加減普通の人が来てもいいんじゃないですかねえええぇぇぇ」

アビーが地面にヒザをついた。

絶黒の森の西側、険しい山々にアビーの嘆きが溶けていく。

東でベルと出会った時と同じように。

「近くで見ると本当に大きいなあ」

「カァ！」

「えっ!?　い、いま、なんて言っただか？」

「あ、ごめん、女の子に『大きい』って失礼だったかな、けど悪い意味じゃなくて」

「大きい!?　おらの聞き違いじゃなく!?」

「ええ？　大きいよね？」

「デカいな。身長はオレの倍ぐらいあるんじゃねえか？」

「大きい……おらが、大きい……うぇへへへへ」

木のうしろで腰をかがめてニマニマする少女。

コウタはきょとんとしている。

アビーは、オレだって小さいわけじゃねえんだけどな、などとブツブツ言っている。

初対面の挨拶が進まない。

カークは呆《あき》れたようにカァーと鳴いた。

「大きい……里じゃ一番小さかった、おらが……」

「一番小さかった？　えっと、アビーの倍ってことは三メートル以上あるのに？」

「種族が違うんだろ。人間と同じ姿形でデカいってことは巨人族《ギガント》かねえ」

「へー、巨人族《ギガント》。人里にはよくいるのかな」

「いや、オレも初めて見た。だから、巨人族《ギガント》じゃねえかなーってのは推測だ」

「……まさか、大きい人間はほかにも」

「ほかはたいがいモンスターだな。ツノがあってデカくてごついオーガ、緑っぽい肌に悪食なトロル、あとはあれだ、オークもデカイな」

なにやら噛《か》みしめる少女をよそに、コウタとアビーがひそひそ話をはじめる。

カークは蚊帳の外だ。カラスなので。

ちなみに、コウタとアビーが小さいわけではない。

コウタは一七〇センチちょっと、アビーも一六〇センチ前後ある。

この世界ではやや低めだが、街でも見かける身長だ。

そのアビーの、倍。

しかも、鍛えているのか三メートル超の身長にくわえて肉づきがいい。体が分厚い。

革鎧の胸部はだいぶ押し上げられている。

「あっ、すまねえ。おら嬉しくてついつい」

「気にしないでください。じゃああらためて。俺はコウタです。はじめまして」

「はじめまして。おらはディダラドラ。みんなからはディダって呼ばれてるだ！」

「くっ、名付けルールが気になるな、これ！　おっと失礼。オレはアビーだ」

「カァ！」

「えっと、このカラスはカークっていうんだ。カラスだけど賢くて強くて、俺のと、ともだちで」

「カァー」

照れたように鳴くカークに、ディダはそっと指を向けた。

ばさっと飛び立ったカークが大きな指に止まる。なかなか居心地がいいらしい。

ディダは「案内ありがとう」などとカークに話しかけている。

「なあ、さっき『里じゃ一番小さい』って言ってたけど、みんなもっとデカいのか？」

「んだ。お父《とう》とお母《かあ》はおらの倍ぐらい、里長はその倍ぐらいだ」

「ええ……？　こんなに大きいディダの倍……？」

「えへへ、小さい人から見たらおらもおっきいんだなあ」

「なるほど。んじゃディダは保有してる魔力が少ないのか？」

「魔力、だか？」

「なんか関係あるのアビー？」

「ああ。巨人族《ギガント》はほとんど魔法が使えねえ。けど、いや、だからか？　魔力を体の成長にまわすって説があってな。巨体を維持してんのも魔力だって推測されてんだ」

「へえー。瘴気になったり魔法の源《みなもと》になったり、成長ホルモン？みたいになったり、魔力っていろいろ活躍してるんだねえ」

「カァー」

呑気なコウタの感想に呆れたような声で鳴くカーク。

『逸脱賢者』アビーがさらに語り出そうとしたところで。

「な、なら！　魔力があれば、おらもっと大きくなれるだか!?」

ディダが、ずざざっとアビーに近寄ってきた。

隠れられていなかった木立から出て、大きな体をさらして。

三メートル超に接近されたアビーの腰が引ける。

「ど、どうだろうな、ちゃんと研究したヤツはいねえから、っていうか巨人族《ギガント》は帝国《こきょう》にいなかったし」

「うう、ダメか……おら、おら」

ディダががっくり肩を落とす。

大きくなる手段をずっと探していた。

けれど見つからなくて、初めて可能性のある説を聞いて。

期待した分、落胆が大きかったのだろう。

ついにはうずくまり、おうおう言いながら泣き出した。

感情の振れ幅がデカい。

一人旅が精神的にこたえていたこともあったのかもしれない。

ディダの指から飛び立ったカークは、コウタの肩に止まってカァカァ鳴く。ほれ、ほかに知ってそうなヤツいるだろ、と言うかのように。

「あ、そっか。アビー、クルトは知らないかな？」

「どうかねえ。それに、魔力を増やすって大変なんだぜ？　魔力欠乏で気絶する直前まで魔法を使うか、あとは魔力たっぷりの稀少《きしょう》な素材を食べるか。けどそっちはだいたい高価だからな、貴族だったオレだって数えるほどしか食べたこと……あ」

「精霊樹の果実《アンブロシア》」

「…………あるな。たっぷり」

「なら、クルトが知らなくても、食べてみたらひょっとして？」

「まあ、結果はわかるな。一回じゃたいして変わんねえだろうけど、続けてけば」

「ほっ、ほんとだか!? な、なら！」

「どうするコータ？」

「大きくなれるかもしれないなら！ おらなんでもするだ！」

「へえ、なんでも。いいのかそんなこと言って？」

「な、なんでもするだ！ その、おらは小さいから漁はやらせてもらえなかったけども、網の繕いや木工や細かい仕事は得意なんだ！」

「ピュアか。『なんでも』でできることを述べてくるあたりピュアか」

「おー、すごい！ ディダは器用なんだね！」

「そ、そうだか？ うぇへへへへ」

「ああうん、コータはなんかもうそれでいいんじゃないかなあ」

「カァー。カアッ！」

「おう、そのぶんオレたちがしっかりしようなカーク」

褒《ほ》めてはデレ合うコウタとディダ、呆れては気合を入れ直すカークとアビー。

二組の男女はそれぞれ通じ合ったようだ。

人間の男性と巨人族《ギガント》の女性、カラスのオスと中身男性の女性。

複雑すぎるカップリングである。カップルではないけれども。

「それでどうするんだコータ、連れてくのか？」

「そうしようかと思って。カークがここまで案内してきた人だし」

「カアッ！」

「【導き手】のお導きか。コータとカークがいいんならいいんじゃねえか？　なんだかんだ、ベルもクルトもカークが連れてきたようなもんだしな」

「ありがとう、アビー」

「カァー」

拠点から西、山の中腹で出会った少女を、コウタは拠点に案内することにした。

知り合ったばかりなのに。

これも、スキル【導き手】を持つ相棒・カークへの信頼ゆえか。

「じゃ、じゃあ！」

「うん、俺たちが暮らしてる場所に案内するよ。大きくなれるかはわからないし、精霊樹が果実《アンブロシア》をくれるかどうかはわからないけど」

「ありがとうごぜえます、小さい人たち！　ありがとうごぜえます、カークさん！」

「『小さい人たち』って。そりゃまあ巨人族《ギガント》から見たら人間は小さいだろうけど」

「ディダが『里で一番小さい』ぐらいだもんね」

巨人族《ギガント》の少女——ディダ——は、だばーっと泣き出した。

嬉しさのあまり抱きつく。

コウタは柔らかな少女の胸に埋ま、らなかった。

身長差のためコウタの頭はお腹《なか》のあたりだ。革鎧は硬い。

「網の繕い？はともかくとして、木工や細かい仕事が得意、か。ちょうどいいかもな」

「カァー」

すっぽり抱えられたコウタを横目に、アビーは「村づくり」にぴったりだとうんうん頷《うなず》いていた。

コウタの肩から避難してきたカークも、アビーの杖の先で。

【3】

コウタとアビーが、カークに導かれたディダに遭遇した翌日。

三人と一羽は、絶黒の森を歩いていた。

拠点への帰り道である。

「へえ、じゃあその棍棒はディダが作ったんだ」

「んだ！　木を伐《き》り出して乾燥させて、持ち手を整えて縄を巻いて。里じゃみんなもっと大きいから、おらの大きさに合ったヤツはなくて……おら、小さいから……」

「た、盾は？　表面の模様がキレイだね！」

しゅんと落ち込むディダの気をそらすように、慌ててコウタが話題を変える。

アビーとカークはじっとりした目でコウタを見つめる。

「うぇへへへ、そんな、キレイだなんて、これもおらが彫っただ。飾りでもあるんだけども、受け流したり引っ掛けたりするのにちょうどいいように工夫して」

「へえ、すごい！　俺なんてまっすぐ切れなかったからなあ」

「そ、そうか？　すごいだか？　えへへへ」

「単純か。けどまあ、予想以上に器用っぽいな。これは、コータの部屋もなんとかしてやれるかも」

「カァ？」

「カークが気に入ってるのはわかるけどよ、もうちょいしっかりつくろうぜ」

「カァー……」

たしかに、とばかりに力なく鳴くカーク。

精霊樹の根元にあるコウタとカークの寝床は、大きめの犬小屋といった風情の掘っ立て小屋だ。

コウタとカークは気に入っていたが、アビーは「なんとかしたい」と思っていたようだ。

なにしろいつ崩れてもおかしくない出来なので。

「それにしても、ディダは足が速いんだね。ゆっくり歩いてもらってるのについていくので精一杯だよ」

「そ、そうか？」

「身長がデカい分、足も長いからだろ。オレたちと歩幅が違いすぎる」

「なるほど。足の長さ、かあ……」

「デカい……おらが、デカい……うぇへへへ」

コウタは足の短さを気にしてたらしい。

どんより落ち込むコウタ、ニマニマするディダ。

わかりやすい二人にアビーは、コイツら素直すぎだろ、とばかりに困り顔だ。

カークは対抗心を燃やしてさっと飛び立った。俺の方が速いぞアピールである。

ともあれ、帰路は順調だった。

人間や動植物を蝕《むしば》む絶黒の森の瘴気も、巨人族《ギガント》にはたいして影響がないらしい。

それを見たアビーは「やっぱり魔力で体をデカくしたり強化してんのかもな」と推測していたが、それはそれとして。

「カァー！」

「あ、ほら、ディダ、見えてきたよ！」

「わあ、キレイなところだなあ！」

「帰ってきたって感じするな。オレもすっかり慣れたのかねえ」

「あっ！　コウタさん、アビーさん、カークさん、おらのうしろに！」

「どうしたのディダ？」

「岩が揺れてるだ！　きっと岩巨人《ロックゴーレム》に違いねえ！」

木々の切れ間から、そびえる精霊樹と湖が見えた。

あと精霊樹の反対側に、揺れる大岩も。

「あっうん」

「カァ？」

「ディダ、あれは敵じゃねえ。だから気を張らなくていいぞ」

「えっ、だどもあの岩、揺れてるだけじゃなくて動いてて、こっちに近づいてくるだ！」

「えーっと、見てもらった方が早いかなあ。とりあえず、武器はしまってね」

「コウタさんが言うんなら……」

「コータへの謎の信頼感。まあいいこと、いいことだな、うん。いいことなはずだ」

コウタ、すっかり懐《なつ》かれたらしい。

逸脱賢者といい古代文明の生き残りアンデッドといい、そもそもカラスといい、変わり者に好かれる運命なのか。

それと。

「コウタさん、カークさん、アビーさん！　おかえりなさい！」

「ベルもおかえり。今回もたっぷり【運搬】してくれたみたいだね」

「はい！　僕は荷運び人《ポーター》ですから！」

勇者に追放された荷運び人《ポーター》も、すっかりコウタに懐いている。

「こ、こんなに小さい人があんな大岩を運んで……」

「あーうん、気にするなディダ。気にしたら負けだ」

「わあ！　すごく大きな人ですね！　たくさん【運搬】できそうです！　ちょっと持ってみますか？」

「え？　ベル、それ他人に触らせてもいいの？」

「はい！　ご希望なら僕が荷運び人《ポーター》の特訓をします！」

「じゃ、じゃあ試しに、もしかしたら軽いかもしれねえし、おらより小さい人に負けるわけには」

「あっ、おい、やめとけディダ、腰悪くするぞ」

「うんしょ！　……ダメだ、持ち上がらねえ！」

「うーん、これは鍛え甲《が》斐《い》がありますね！」

「ベルもやめとけ。常識がおかしい村の、常識がおかしい荷運び人《ポーター》の鍛錬なんてやらせたら、普通の人は体壊すぞ」

「負けた……おらより小さい人に、負けた……」

「ほ、ほら、ディダにはディダのできることがあるから！　俺もアビーもカークもクルトもあの岩を運べないし！」

「そうそう、体の大小なんて関係ねえんだって。体の性別だって関係ねえしな！」

「うう……コウタさん…………アビーさん…………」

「カァー」

大騒ぎである。

里にはいなかった「自分よりも小さな人」に負けたことは、ディダにけっこうな衝撃を与えたらしい。

「デカいと強い」巨人《ギガント》族の価値観が真っ向から否定されたようなものなので。

崩れ落ちたディダは、コウタとアビーの優しさにグスグスと泣きじゃくった。

あとカークの慰めにも。

「おらが持ち上げられねえ大岩を……あんなに小さい人が……」

「げ、元気出してディダ！　ベルは特別だから！」

「カァッ！」

「え？　子供の頃から訓練すれば、誰でもできるようになりますよ？」

「ならねえから。普通は子供の頃から訓練しねえってのは置いといても、アレは訓練でなんとかなる重量じゃねえから」

「大きさは関係ないよ。それに、強さだって関係ないんだ」

「コウタさん？　だどもおら」

「俺はただ【健康】なだけだけど、カークは【導き手】で魔法だって使える」

「カァー！」

「アビーはいろんな知識があって、魔法も得意で」

「まあ瘴気の濃い場所で【健康】でいられるだけすげえんだけどな。コータがいるからオレたちもここで過ごしてるんだし」

「ベルは【運搬】の得意な荷運び人《ポーター》で」

「はい！　【解体】もできます！」

「あれなあ。使い手が認識できりゃアンデッドも【解体】できるってチート《ずる》だろ」

「みんな、それぞれできることがある、やりたいことだってある。だから、ディダも好きにすればいいんじゃないかな」

「コウタさん……おらのできること、やりたいこと……」

「最後に弱気になるところがコータっぽいなあ。いいこと言ってるんだから言い切りゃいいのに」

「カァー」

「できることがわからなければアビーに見てもらったらいいよ。この世界には『スキル』があるらしいから」

「すきる？」

「クルトは『ギフト』って言ってたね。俺の【健康】とか、ベルの【運搬】みたいなヤツ」

コウタが説明しても、ディダはきょとんと首をかしげている。

ぴんとこないらしい。

それでもディダは、自分の半分しかない少女に向き直った。

「おら、大きくなりてえ。けど、それより、一人前になりてえんだ。お願いします、アビーさん」

「うし、よく言った！　んじゃ行くぞ！」

ディダのお願いに、アビーは迷うことなく頷いた。

切り株イスから立ち上がって杖を手に取って構える。

ローブの袖から白く細い手首が覗《のぞ》く。

アビーと、不安そうなディダを応援するかのように、精霊樹の葉がさわさわと揺れた。

「『鑑定』ッ！」

アビーがじっとディダを見つめる。

コウタとカーク、事情をよく知らないベルも静かに見守っている。

そして。

「おー、それっぽいのがあるな！」

「どうだったのアビー？」

「カァ？」

コウタとカークがアビーを急《せ》かす。

ベルは微笑《ほほえ》みを浮かべたまま黙っている。

「その、どうだっただか？　おら、小さなおらにできることは」

「一番レベルが高いのは【魔力変換】ってヤツだ。これが巨人族《ギガント》限定のスキルっぽいな」

「魔力変換？　あれ、魔法を使う時は魔力を使うって話じゃ」

「ぼんやりとしかわからねえけど、そういうのじゃないみたいだぞ。魔力で、体を不可逆に変化させてんな。つまり、巨人族《ギガント》が巨人なのはこのスキルのおかげっぽい」

「へー、なるほどー」

アビーの解説にコウタは気の抜けた声を漏らす。

よくわかってないらしい。

肩に止まったカークがばっさばっさと翼でコウタにつっこむも、コウタはツッコミだと認識した様子はない。

呑気な一人と一羽をよそに、ディダがアビーににじりよった。

「じゃあ！　じゃあ！　昨日言ってたみてえに、魔力が増えれば！　おらも大きく！」

「なるだろうな。スキルの強度で言ったら、コータやカークやオレやベルの【ｅｘ】スキル並みだし」

「おおー！　おめでとうディダ！」

「カァ！」

「あとは、レベルが低いけど【木工】【健康】なんかもあるな」

「俺と同じ【健康】！　そっか、それで瘴気の中を通過しても平気だったんだ！」

「たぶんな。まあコータの【健康ＬＶ．ｅｘ】とは比べものにならねえ、レベルにしたら３か４ってところだけどよ」

「おら、木工は得意だったんだ！　へへ、そうか、おら、大きくなれるかもしれなくて、それに、おらにもできることが……」

そう言って、ディダは自分の大きな手を見つめる。

努力を続けた結果か、背が高いだけの少女にしてはゴツゴツして、硬くなった手を。

涙ぐむ、どころかずびずび泣き出したディダの肩にカークが止まった。イケメンか。カラスだが。

「あっ、そういえばアビー、精霊樹《アンブロシア》の果実を食べれば魔力が増えるって」

「だな。まあ、頼んだうえでもらえたヤツじゃねえと効力はないし、一食で増えるのはほんのちょっとだけど」

コウタとアビーの会話に、ディダがバッと振り返る。

なんらかの水滴がついて、カークはバサバサ飛び立った。水浴びで汚れを落としたいらしい。キレイ好きか。

「ディダ、お願いしてみる？」

「もちろんだ！」

大きな体で立ち上がって、巨人族《ギガント》の少女・ディダは精霊樹の前にヒザをついた。

三メートル超の少女よりも、精霊樹はなお大きい。

木陰で手を組む。

少女は巨大な樹《き》を見上げて祈る。

「どうか、お願いします！　おらに果実をください！　大きくなったら、おらはこの樹を守ります！　この身に代えても、おらが死ぬまで！」

「ちょ、ちょっと重くないかな」

「それだけ必死に願ってたんだろ。ディダにとっては大事なことなんだって」

「カァ」

「わかります！　僕も、もし鍛えても荷運び人《ポーター》になれなくて、でもなれる手段を見つけたなら、それぐらいしますから！」

「そっか……」

アビーやベルと違って、コウタはいまいちその覚悟が理解できなかったらしい。

とはいえ、精霊樹と小さな湖にできつつあるこの集落を害する者が現れたら、コウタも必死の抵抗をするだろう。

思い至らないだけだ。いまは、まだ。

ディダの祈りに、風もないのに精霊樹の枝葉がざわつく。

見上げたディダの顔めがけて、ポツリと果実が落ちてきた。

「わっ！」

まるで、ディダの願いに応えるかのように。

死ぬまで守る宣言が嬉しかったのか、それとも体の大きさに対して量が不安だったのか、三つ。

「こ、こんなに……これで、おらは……」

「よかったねディダ」

「精霊樹への害意もないって認められたみてえだな。ひと安心ってとこか。食べてみての結果はわからねえけど」

「これからよろしくお願いします、ディダさん！」

「カァー」

大きな手で果実を受け止めたディダに、三人と一羽が声をかける。

ディダに聞こえたかどうかは不明だ。

なにしろ、里で一番小さな巨人族《ギガント》の少女が願い続けた、「大きくなれるかもしれない可能性」が手の中にあるので。

ディダは、感動に打ち震えていた。

「これを食べれば、おらは大きくなれるだか……」

「よかったね、ディダ」

「カァー」

「まだわからねえけどな。まあ害がある食べ物じゃねえんだ、まずは食べてみるといい」

「あれ？　けどクルトは食べられないって」

「そりゃクルトは普通じゃねえからな。巨人族《ギガント》は大丈夫だろ。…………たぶん」

「可能性がちょっとでもあるんなら！　おら迷わねえ！」

「がんばってくださいディダさん！　なんでも食べるのは荷運び人《ポーター》への道の第一歩ですよ！」

「おかしい。ベルの荷運び人《ポーター》観がおかしい。いまにはじまったことじゃないけども」

「カァ？」

コウタが整地した湖のほとりの広場で、巨人族《ギガント》の少女・ディダは果実を口に放り込んだ。

三メートル超の身長と比べたら小さなそれを、ぽいぽいと一気に三個。

巨人族《ギガント》が食べても大丈夫なのかという、コウタとアビーの心配はスルーだ。

カークは心配そうに首をかしげて、小さな体で大きな少女を覗き込む。

「どう？　体は平気？」

「コータと比べてレベルは低くても【健康】があるんだ、変なことにはならねえと思うけど……」

「うんめえ！　なんだこれ、里で食べたどの果物よりうめえだ！」

「あっうん」

「味はな、心配してなかったんだけれども。なんだこの森、マイペースなヤツしか来られねえのか？」

「おら、大きくなった気がするだ！」

大きな体を小さくして、地べたにちょこんと座り込んでいたディダが立ち上がる。

手足を伸ばして体を触って、大きくなったと喜んでいる。

「ほら！　ほらコウタさん！　手を伸ばしたらこの樹の一番下の枝まで届くようになっただ！」

「よかったね、ディダ」

「いや変化するったって、そんなすぐには現れねえだろ普通。変わってない、よな？」

「鍛えた日はよく寝ることで、次の日から体が強くなるって教わりました！　だから大きくなるなら明日だと思います！」

「うっそだろベル、常識はずれの荷運び人《ポーター》の村で、常識を教わった、だと……？」

「うーん、食べる前に身長を測っておけばよかったね」

「そうだな。ま、一回きりじゃねえんだ、これから計測して実験してけばいいだろ。厳密な研究ってわけでもねえし」

「カァ！」

喜びのあまりドタドタ駆けまわるディダを横目に、コウタたちはわいわいと話し合っていた。

ディダは湖面に姿を映して身長を確かめたり、ざぶざぶ水に入って「ここまで足が届くなんて大きくなったに違いねえ！」とはしゃぎまくりだ。

ビフォーがわからないため、本当に大きくなれたかは不明である。

少なくとも劇的ビフォーアフターではない。

「あんまり変わらなかったとしても気にしねえ！　だって、続けてけば大きくなれるかもしれねえんだ！」

「まあほら、そのままでもディダはディダだからね？　スキルになるぐらい【木工】ができるみたいだし、大きさは気にしなくたって」

「えへへ、ありがとう、コウタさん」

「続けてけば、か。なあディダ、魔法は使えねえのか？　魔力枯渇で気絶寸前まで使えばそっちでも魔力を伸ばせるぞ？」

「おら、魔法は使えねえだ。里でも使える人はいなかっただな」

「僕の村には何人かいました！」

「んー、巨人族《ギガント》は魔法が苦手なのか？　それとも種族スキルっぽい【魔力変換】が、体内魔力を練り上げるのを阻害してるのか」

「荷運び人《ポーター》の村の魔法使い……気になる……」

「カァー」

「魔力を巨大化と強化にまわしてる。だから魔法を使うほどの魔力が残らない、練られない。ありえそうだな」

「あ！　おら見たことはねえけども、里長《さとおさ》は『奥の手』を持ってるって聞いたことあるだ！　それが魔法かもしれねえ！」

「おおー。一番大きい巨人族《ギガント》の長《おさ》の『奥の手』。なんかすごそうだね」

「体の最大値が決まってる？　んで余剰魔力があれば初めて魔法を行使できる？　くっ、気になることだらけだな巨人族《ギガント》！」

ようやく落ち着いたディダを座らせて、コウタたちは話を続けていた。

開拓に農作業に建築、木工、やることはいくらでもあるが、コウタもアビーもベルも、今日は休むことにしたらしい。

サボりである。

いや、二組とも遠征から帰ってきた当日だからだ。

サボりではない。

体を休めることも、新たな移住希望者との交流も大事なことだ。

「魔法かあ。ねえアビー、俺たちの中では誰が魔力量?多いの？」

「それなあ。いまこの中で一番体内魔力を持ってんのはコータなんだ」

「おおー！　すごいですね、コウタさん！」

「え？　俺？　魔法を使えないのに？」

「ああ。出会った頃はオレの方が魔力あったのに、いつの間にか抜かれちまった」

「そんなことあるの？　なんで魔力が増えたんだろ」

「さあ、精霊樹の果実《アンブロシア》のおかげか、それともその体に魔力が馴染《なじ》んだのか」

「そっかあ……俺が一番……」

「『体を大きくすることに魔力を使う巨人族《ギガント》』と同じように、ひょっとしたらコウタの【健康】も魔力がエネルギー源なのかもな」

「じゃあ、いつか魔法を使いこなせるようになって、魔力が減ったら」

「どうなるかねえ。ま、神様謹製の体なんだ、関係ねえかもしれねえ。まあいずれわかるだろ」

「うん……」

「それに、コウタの次に魔力が多いのはカークだ」

「カァー！」

「だから、魔力量と【健康】に関連性があるとは言い切れねえ。カークも神様謹製だしな、そっちが理由な気もする」

「カークさんはすごいカラスだったんだべなあ。おらを道案内してくれて、魔力もたくさんで」

「カァ？　カァ」

「次にオレだ。常識はずれの魔力量で『逸脱賢者』って呼ばれてたんだけどなあ……。はあ。そんで、量はぐっと減ってベル、ディダの順だな」

「ベルはあんなに大きな岩を【運搬】できるのに？」

「ああ。それを考えると、スキルと魔力に関係性はねえんだろうな。ディダの【魔力変換】が特別で」

「おらが、とくべつ……うぇへへへへ………」

「カァカアッ！」

ぐねぐねと巨体をくねらせるディダ。照れているらしい。

大きな肩に止まったカークは、動きが楽しいのかご機嫌だ。

出会いから二日目にして、ディダはすっかりコウタたちに馴染んでいる。

最初に遭遇して導いてきたカークとも。

平和な時間であった。

この時までは。

「あれ？　アビー、じゃあクルトは？」

「クルトは規格外だ。古代魔法文明時代から多い方って言ってたし、そっから変化してさらに増えたってよ。コウタよりも上だな。質も量も、知識もな」

「うわあ……よく勝てたね俺たち……」

「相性の問題ってヤツですね！　そういうのがあるから『油断するんじゃないぞ』ってお父さんが言ってました！」

「クルトさん、だか？　おらここに住むんだ、挨拶してえけども」

「うん、そうだね。じゃあ呼んで——」

「待てコータ、ちゃんと説明してからの方が、っと、遅かったか」

コウタの言葉が止まる。

アビーが頭を抱える。

ベルは振り返ってニコニコして、カークはディダの肩から飛び立った。

「なっ、なんだべこの気配！　みんな、おらのうしろ、樹の陰に！　お、おらじゃ守りきれねえかもしれねえけども！」

ディダ一人が慌てて立ち上がり木の盾を構える。

精霊樹の前に陣取って、三人と一羽に隠れるように促す。

が、コウタたちは動かない。

「コウタ殿、アビー殿、『球体関節』で少々聞きたいことが……むっ」

巨人族《ギガント》の少女・ディダが震えながら見つめる先。

かすかに黒いモヤ――瘴気――を漂わせ、ボロボロのマントをたなびかせて現れたのは、痩せこけた壮年の男であった。

「来客があったか。これは失礼した。我はクルト・スレイマンだ。はじめまして、海トロールの少女よ」

「な、何者だべ!?　小さな人の形だからっておら騙《だま》されねえぞ！」

「海トロール？　なんだそれ、んじゃ陸トロールとか空トロールとかもいるのか？　また気になることを！」

「わあ！　ディダさんはクルトさんの正体がわかるんですね！」

「カァッ！」

「落ち着いて、ディダ。クルトは敵じゃないから」

「だどもコウタさん！　この気配は普通じゃねえ！」

「あーうん、普通ではないかなあ。クルトはアンデッドだし。強力な『ワイトキング』らしいし」

「あああアンデッド!?」

ディダの震える声が、絶黒の森に響き渡った。

強力なアンデッドを前に、常識的な反応である。

「クルト、巨人族《ギガント》のことを知ってるの？　さっき海トロールって」

「うむ。当時は、この大陸より西方の島々に暮らす種族だと考えられていたものだ」

「二〇〇〇年も経《た》ちゃ住むところも変わるか。んで『海』ってことは陸トロールもいるのか？　まさか空も？」

「空は知らぬ。山トロールはモンスターの一種と認識されていた。低い知性と社会性を持ち、人を襲って食する醜悪なモンスターだ」

「うわあ……ディダが海トロールでよかった」

「んー、そっちは聞いたことあんな。いまはただの『トロル』って呼ばれてる。むしろなんでアレと『海トロール』が一緒にされてんのか」

「はい！　勇者さまがトロルを討伐したのを見たことあります！」

「なんでアンデッドと普通に喋《しゃべ》れるだ!?　コウタさんとアビーさんとベルさんは勇者だか!?」

「ははっ、オレは勇者の仲間になりたくなくて逃げて、ベルは追い出されたクチだな」

「アビー、いまディダはそういうこと言ってるんじゃないと思うよ」

「カァッ!?」

敵ではないというコウタの説明を聞いて、ディダは構えを解いた。

クルトと戦う意思はないものの、まだクルトには近づけないでいる。

精霊樹の陰に身を隠して、強大なアンデッドと歓談するコウタたちを見つめている。

「ディダと言ったか、安心するがいい。我にコウタ殿たちと敵対する意思はない。また、生者を襲う意思もなく、襲ったこともない」

「ほ、ほんとだか……？」

「うむ。ゆえに、そう怯《おび》えなくともよい。絶対に敵《かな》わぬと知りながら、コウタ殿や精霊樹を守ろうとした先ほどの闘志は見事であった」

「えへへ……みごと……へへ……」

「ちょっと褒められただけでちょろすぎかディダ。アンデッドへの警戒心どうした」

「ありがとねディダ。けど俺【健康】だから、次からは俺のうしろにいてほしい」

「いやあ、それは難しいんじゃねえか？　どう見てもコータは戦えなさそうだからなあ」

「カァ」

「僕も初めて見た時は驚きました！」

「えっと、コウタさんは強いだか？　こんな強そうなアンデッドと堂々とお話しできるぐらい？」

「コータは強いぞ。魔法は使えねえけど、防御は鉄壁だし、たいていのものは斬り裂ける」

「ええっ!?　す、すげえんだなコウタさん！」

「ちょっとアビー、言いすぎだって。防御っていうか【健康】だから傷つかないだけだし、斬り裂くのも鹿からもらってクルトが加工してくれた剣のおかげで」

「過程はどうあれ、事実なんだから謙遜すんなって。あー、そうだな。一緒に暮らすんだし、模擬戦でもやるか？　おたがいの実力を把握してねえと、いざって時に困るからな」

「え、ええ……？　だ、大丈夫だか？　アンデッド……クルトさんはともかく、おらがコウタさんやアビーさんやベルさんみたいな小さい人たちと戦って……」

「ディダさん、僕は戦えませんよ！　荷運び人《ポーター》なんです！」

「ええ……？　あんなに大きい岩を運べるほど力持ちなのに……？」

「カァッ！」

「うん？　カークもやるの？」

「うっし、そうと決まったらやるか！」

「うん。ちょっと怖いけど……この世界では、必要なことだよね」

「カア！」

「おー、コータもわかってきたじゃねえか。それに……」

「それに？」

「そこから先は模擬戦が終わったらな」

「はあ」

同じ角度で首をかしげるコウタとカークを置いて、アビーはクルトに近づいていった。

なにやらひそひそと話し合って、二人で満足そうに頷く。

戦闘能力の把握以外にも狙いがあるらしい。

ひとまずコウタたちは、新たな住人とともに模擬戦を行うことになったようだ。

×××××

はじまった模擬戦は、「デカいと強い」と信じてきたディダの心を折るのに充分な衝撃を与えた。

「たあー！　くっ、てやっ！　むぐぐっ！」

振りまわした丸太サイズの棍棒はカークに当たらず翻弄《ほんろう》される。

「カァー？　カアッ！」

かわしまくったカークはときどき魔法を使って、小さな光の玉をディダにぶつける。

光の玉自体にダメージはない。

ただ「俺がその気ならいまここを攻撃できたぞ」と言わんばかりのアピールであった。

さんざんに翻弄されて、ディダは大きな体を縮めて地面にヒザをついた。

敗北である。

「ほ、ほんとに攻撃していいだか？」

「うん。思いっきりやってくれて平気だよ」

「うう……コウタさんがそう言うなら……ていっ！」

木刀をだらりと持っただけのコウタを攻撃する。

模擬戦のため、斬れ味のよすぎる鹿ツノ剣は封印したらしい。賢明な判断である。

「うわ、すごい迫力」

「…………え？　な、なんで、おらの攻撃を受けて、びくともしねえんだ」

「ほらね、平気だったでしょ？　手加減しなくていいよ」

「たあっ！　てやっ！　そりゃっ！」

カークとの模擬戦と違って、コウタに棍棒は当たる。

木の盾によるシールドバッシュも当たる。

当たっているのに、コウタにダメージはない。

というかピクリとも動かない。

授かった【健康ＬＶ．ｅｘ】により、コウタには怪我も病気も心身の不調もない。

ディダの攻撃は、コウタのまわりに風を起こすことしかできなかった。

息が上がったディダにコウタが何度か木刀を当てて、ディダは地面にヒザと手をついた。

敗北である。

「肉弾戦は得意じゃねえからな」

「こ、今度は手応えがあるだ！　ていっ！　えやっ！」

コウタとの模擬戦と違って、棍棒に手応えはある。

ただ、アビーにダメージはない。

『逸脱賢者』アビーお得意の空間魔法による不可視の壁である。

「おおー。パワーはそこらの騎士や冒険者より上じゃねえか？　『デカいは強い』も一理あるってことか」

「うう……えいっ……ぐすっ、せやぁ……」

「その、アビー、そろそろ」

「ああうん、悪いなディダ。『空間波《ショックウェーブ》』」

自分の不甲斐《ふがい》なさに涙して、けれど諦めきれずに攻撃を続けるディダが吹き飛んだ。

切断系ではなく、衝撃だけを与えるアビーの空間魔法である。

古代文明の魔導士だったクルトから理論を教わったことで、アビーは新たな空間魔法を身につけたらしい。

敗北である。

カーク、コウタ、アビー。

ディダは全力で挑んだのに、力及ばずどころか惨敗である。

「里で一番小さいおらよりも、小さい人に負けただ……おら、弱いんだなあ……」

三連敗したディダは、精霊樹の根元にかがみこんで落ち込んでいた。

自分の半分ほどの身長しかないアビーやコウタに負けたのが、そうとうショックらしい。

「大きいほど強い」が巨人族《ギガント》の価値観であり、そう教え込まれてきたので。

ましてディダはカークにも負けた。普通のカラスよりちょっと大きいし三本足だとはいえ、カラスに。

「ほ、ほらディダ、大きさは関係ないんだって。それに俺はカークやアビーと違って【健康】ってスキルのおかげで」

「カァー」

コウタの慰めも、カークのすりすりもディダには届かない。

「ふむ。海トロール……いや、巨人族《ギガント》の少女よ。『戦えない』ベル殿を除いても、もう一人忘れているのではないか？」

「ひっ。お、おら、普通のアンデッドならともかく、こんな邪《じゃ》あ……強そうなアンデッドと戦うなんて、け、けど、みんなを守るために、やっと見つけたこの場所を守るために」

「あー、そんな重く考えなくていいぞディダ。戦うのはクルト本人じゃねえしな」

「えっ？」

「んじゃ言ってた通りお願いできるか、クルト？」

「うむ、任せよ」

人間の見た目のまま、クルトがすっと手をかざす。

骨の指にはめられた指輪が暗褐色にきらめく。

光る魔法陣が広場を埋め尽くした。

「ふぅはははは！　さあ、来たれ我が僕《しもべ》よ！」

「ひっ。なっ、なんだべこれ!?」

「えっ、ほんとなにこれ。ダンジョンの外でもアンデッドを召喚できたの？」

「ノリノリすぎるだろクルト……ああ、オレと共同開発した魔法だ。【ダンジョンマスター】らしく、クルトがいる場所とダンジョンの空間をつなげてるんだ」

呑気なコウタとアビーをよそに、ディダが不安そうに足元を見つめる。

魔法陣から現れたのはスケルトンだった。

ただし、普通のスケルトンではない。

「うわあ……」

「カァー。カアカァッ！」

「なんというか、聞いてはいたけどこうして見ると……だいぶ趣味悪いな」

魔法陣から現れたのは、スケルトンの集合体。

「大きさに価値を見出《みいだ》す少女よ、存分に戦うがいい！　己より巨大な骸骨巨人《スカルジャイアント》と！」

ワイトキングのクルトが両手を広げる。

ちなみに『悪《あ》しきアンデッド』のフリをしているのではなく、研究の成果を見せられてテンションが上がってるだけだ。

禍々《まがまが》しいモンスターを見上げて、ディダはゴクリと唾を飲み込んだ。

ぎゅっと棍棒を握り、木の盾を構える。

「おら、やるだ！　おらより小さいカークさんやコウタさんやアビーさんはおらに勝ったんだ、ならおらも！」

里では一番小さく弱かった。

ここでは自分より小さい相手に三連敗した。

けれど。

覚悟を瞳に灯《とも》して、ディダは立ち上がった。

小さな巨人族《ギガント》の少女、ディダの心はまだ折れない。

「コウタさん、【解体】しましょうか？」

「あっうん、いまはやめておこうかベル。ディダが立ち直ったみたいだから」

「死んでるって認識できりゃサイズも関係ねえのか。チートすぎるだろ【解体】スキル」

「我、ベル殿に近づかない方がいい気がしてきた」

「カァー」

がんばる少女を前にマイペースな人間たちに、カークは呆れ気味である。

クルトがつくり出したのは、スケルトンが何体も集まって巨体になった骸骨巨人《スカルジャイアント》だ。

ディダよりも大きく、骨が組み合わさった盾と棒状の武器を持っている。

木の盾と棍棒を手にしたディダと同じような武装だ。

「てやーっ！」

雄叫《おたけ》びをあげ、棍棒を振りかぶって、ディダがどこどこと駆ける。

呼応するように、骸骨巨人《スカルジャイアント》も骨の棒と盾を構えた。

「ていっ！　えいっ！　やあっ！」

激突する。

ディダ、模擬戦四試合目にして初めて戦えている。

「おおー、両方とも大きいと迫力あるね」

「カァッ」

「ディダが三メートルオーバー。骸骨巨人《スカルジャイアント》は、ベルの大岩よりちょっと小さいから五メートル弱か？　たしかにすげえなこりゃ」

「わあ！　がんばってくださいディダさん！」

「ふむ、やはり構成が甘いか。巨大であれば術式も魔力も乗せられると思ったのだが」

「まあ普通は『デカけりゃ強い』ってわけじゃねえからな。巨大人型兵器はロマンだけど」

「あれ？　そういえば、ダンジョンから喚《よ》んだって、どこでも喚べるの？」

「ははっ、コータ、さすがにそれは無理だって」

「だよね。だったらクルトはどこにでも、ダンジョン中のモンスターを喚び出せることになっちゃうもんね」

「一人で行動して、いざとなったら軍隊並みのモンスターを喚び出せる。そんなワンマンアーミーがいたらやべえって」

「小さな村や街なら滅んじゃいそうですね！」

「カァー」

「原料は瘴気だって話だしな、平気平気。こうして人類の生活圏は守られました、ってな！」

ディダの奮闘を観戦しながら、コウタたちはどこか呑気な会話をしていた。

呑気というには物騒な内容であり、目の前の光景は映画以上の大迫力だったが。

いかに【ダンジョンマスター】で魔法が得意でも、クルトの召喚には制限があるらしい。

「瘴気の濃い地なら可能だが？」

「えっ」

「へ、へいきへいき、瘴気はどこにでもあるわけじゃねえんだし、人の生活圏は、まもられました……？」

「その、クルト。じゃあひょっとして、この絶黒の森なら」

「うむ。どこでも、何体でも召喚できよう。それでもこの地の瘴気は払えまい」

重々しく頷くクルト。

が、論点がズレている。

コウタとアビーが懸念しているのは、「瘴気渦巻く絶黒の森」の瘴気をなんとかできるかどうかではない。

大量の、もしくは強大なアンデッドを召喚できるかどうか、である。

できるらしい。

絶黒の森なら。

「へ、へいきへいき！　むしろクルトとは友好関係を結べてんだ、絶黒の森の安全が守られたってことでな！」

「そ、そうだねアビー。俺は【健康】だから傷つかないし、アビーは強いし、アンデッド相手ならベルも【解体】できるんだから」

「はいっ！　死んだモンスターや動物の【解体】は任せてください！」

「カァー」

なら問題ないね、よかったよかったなどと言いながら、コウタとアビーは乾いた笑い声をあげる。

解決してなくね？というカークのツッコミは届かない。【言語理解】スキルがあろうと、カークは人語を話せないので。

三人と一羽が絶黒の森の安全性を確認している間にも、ディダと骸骨巨人《スカルジャイアント》の模擬戦は続いている。

ディダが優勢だが、圧倒的ではない。

自分で作ったという木の盾には裂け目がはしって、棍棒は根元で折れた。

息をあげながらもディダはその拳で骸骨巨人《スカルジャイアント》を攻撃している。

「おら、負けねえ！　コウタさんとカークさんとアビーさんが教えてくれただ！　『大きければ強い』ってもんじゃねえって！」

叫んで、木の盾を思い切り骨の盾にぶつける。

バキッ、ガシャッと音を立てて、盾は崩れた。

ディダの木の盾も、骸骨巨人《スカルジャイアント》の骨の盾も。

「あああああっ！」

愛用の盾が壊れてもディダは止まらなかった。

盾をぶつけた勢いのまま、肩から骸骨巨人《スカルジャイアント》にぶち当たる。

押し倒す。

ディダが起き上がった時。

骸骨巨人《スカルジャイアント》は、ぴくりとも動かなかった。

「…………勝った、だか？」

「おおー！　おめでとうディダ！　すごい戦いだったよ！」

「カアッ！」

「骸骨巨人《スカルジャイアント》だって弱いわけじゃねえ。一人旅できるぐらいだからな、わかってたけど……やるな、ディダ」

「あんなに大きなモンスターを一人で倒せるなんて、すごいですディダさん！」

「勝った、おら、小さい人には負けたけど、おらより大きいモンスターに、勝った……」

「ほらね、ディダ。大きさは関係ないんだ。ほんとは強さだって関係ないんだけどね。強さを知る前から、俺たちはディダを受け入れるって決めてたんだし」

「えへへ……ありがとうコウタさん……うう、ぐすっ」

まだ勝利が信じられないと自分の両手を見つめていたディダを、コウタたちが讃《たた》える。

ディダはぐすぐすと泣き出した。

三連敗したあとの勝利の喜びに。

「巨人族《ギガント》の里で一番小さく一番弱い」と思っていたけれど、大きさと強さは関係ないのだと実感して。

「クルトもありがとな。オレのオーダー通りデカいヤツを喚んでくれて」

「新たな魔法を試す機会を与えられたのだ、こちらこそありがたい。だが、骸骨巨人《スカルジャイアント》はそこそこ強力なアンデッドなのだが……」

「え、そうなの？」

「【解体】できそうでしたよ？」

「コータもベルも基準がおかしいんだよ！　骸骨巨人《スカルジャイアント》が墓地から現れたら街によっちゃ半壊モノだからな！」

ディダの涙を止めるのではなく、いまは泣かせておこうと思ったのだろう。

コウタとアビー、ベル、クルトは、精霊樹の根元でしゃがみこんでおうおう泣くディダをよそに話し込む。

巨人族《ギガント》の少女に寄り添うのはカークだけである。

「おらが不甲斐ないばっかりに壊しちまったけど……いままで、おらと一緒に戦ってくれてありがとう」

ディダは、折れた棍棒と割れた木の盾を地面に置いて、ぺこりと頭を下げる。

いかにスキル【木工】があっても、ここまで壊れては補修できるものではない。

感謝を込めて、表面をそっと撫《な》でた。

すると。

「…………え？　これは？　おらに、くれる、だか？」

頭上の精霊樹から、バサバサと枝が落ちてきた。

地面に置いた木の盾と棍棒の上に、太い枝が。

巨人族《ギガント》の少女に寄り添っていたのは、カークだけではなかったらしい。

「『神の宿り木』に認められたのであろう。枝を新たな武器にせよ、と」

「よかったね、ディダ」

「なあディダ、作る時は見学させてもらっていいか？　魔法で再現は難しいと思うけどよ、参考になるかもしれねえ」

精霊樹もまた、新たな住人を歓迎していた。

「太さも長さもちょうどよくて、これなら加工に時間はかからねえだ。それに、硬いし軽い。いい武器になるに違いねえ。ありがとう、精霊樹さん」

「ふむ、ならばすぐに骸骨巨人《スカルジャイアント》を復活させるか？」

「復活できるのかよ！　そりゃ最初から死んでるし、近くには瘴気もたっぷりあるけどさあ！」

「その、いまはやめとこうかクルト」

「カァ。カァー」

コウタとカークがこの世界で目覚めてから四ヶ月と少し。

巨人族《ギガント》の少女・ディダは、「大きさイコール強さ」以外の価値観を手に入れたようだ。

それと、新たな武器の素材も。

これで拠点には「状況と人員次第では街一つ危うくさせるモンスターに勝てる住人」も増えた。

「健康で穏やかな暮らし」にまた一歩近づいたことだろう。

もともと戦力が充実しているため、コウタたちは気にしていないようだが。

【4】

「うう……うまく削れねえだ……」

巨人族《ギガント》の少女・ディダを拠点に案内して、模擬戦を終えた午後。

精霊樹と小さな湖のほとりの広場で、ディダは木工作業をはじめていた。

コウタとカーク、アビー、クルトは見学だ。

ベルはまた街を往復するべく出立の準備をはじめている。

なにしろコウタたちとサイズが違う住人が増えたので。

日用品も、手に入る限りの大きな物を買ってくるつもりらしい。

「ディダ、オレのナイフを使うか？　そのナイフより切れ味がいいはずだ。小さいけどな」

「精霊樹は硬いのかな。そういえばクルトも枝をもらってたよね。どうだった？」

「物に宿る魔力の質が違うゆえ、切りにくいのであろう。たいていは問題にならぬが、『神の宿り木』は信仰の対象になるほど陽《よう》の魔力が濃いのだ」

「はあ」

「コウタ殿の瘴気にまみれた鹿ツノ剣を使うか、刃物に陽の魔力をまとわせて切るといいだろう。あるいはミスリルやオリハルコンの武器を用いるか」

「簡単に言ってくれるなよクルト。んー、どうすっかなあ」

「『木工や細かい仕事が得意だ！』なんて言いながら……おら役に立ってねえだ……」

「ほ、ほら元気出してディダ！　俺の剣を使う？」

「やめとけコータ、その剣はコータ以外が使ったら精神を病むってクルトに言われたろ。陰の瘴気が濃すぎるから【健康】でもなきゃって、あ」

「カァ？」

「ディダもあったよね、だったら」

「やめておいた方がよかろう。巨人族《ギガント》ゆえか個の性質か、ディダ殿の魔力は陽に傾いているゆえ、均衡を崩しかねん」

「陽、だか？」

「んー、んじゃあとは武器に魔力をまとわせればなんとかなる、か？」

「お、おらそんなことできねえだ……」

「ほ、ほら元気出してディダ！　俺もできないから！」

「カァ？　カァー！」

得意としていた【木工】がうまくいかないと落ち込むディダ。真面目か。

なぐさめるコウタをよそに、カークが火に包まれた。

魔力をまとうってのはこうやるんだよ、とでも言いたいらしい。焼き鳥ではない。焼き烏《カラス》である。

違う。

「そ、そうだ！　まず盾からやったらどうかな？　削るんじゃなくて切るだけなら、指示してくれれば俺がやるから！」

「うう……ありがとうコウタさん……」

コウタのフォローに、ディダの目には涙が浮かんでいる。感情が表に出やすい性格らしい。

相性のいい二人を置いて、アビーとクルトは魔法談義をはじめていた。

「なあ、クルトから見てどうだった？　ディダの魔力の流れが独特に思えてなぁ」

「けっして魔力量は多くない。多くないが、常に身体強化されているように見受けられる」

「だよなあ。戦ってる最中はよけいに強化されてたと思うんだけど」

「うむ。あれではほかの魔法は使えぬであろう」

「巨人族《ギガント》ってのは、魔力を『成長』と『身体強化』につぎ込んでるのかねえ」

「観察を続けねば断定はできまいが、おそらくは」

「んじゃやっぱり、魔力を増やしていけば大きくなる、もしくは強くなると」

「であろうな。この地、この食物なら、ディダ殿はより強化されるやもしれぬ」

「……また防御力が強化されたと。これ以上強くなってどうすんだ。もうここ、並の冒険者や軍隊じゃ落とせねえぞ」

「ふははっ、よいではないか。我の研究もはかどるというものよ。それに、そもそもこの地は冒険者を拒む死の谷《デスバレー》の先、踏破の難しい『絶黒の森』なのであろう？」

「そうだったわ。絶望の鹿《ホープレス・ディア》も闊歩《かっぽ》してるし、どこでもダンジョンモンスターを喚び出せるワイトキングもいるんだったわ」

「ゆえに、望まぬ者は拒めるのだ。よい環境である」

「そりゃ、邪魔されたくない研究にはな。けどオレたちは『健康で穏やかな暮らし』を送れる村をつくりたいわけで。人が来られないのもどうかと思うわけで」

「うーん、いいんじゃないかな。ベルのおかげで買い物はなんとかなってて、クルトのおかげで資金もなんとかなって。それにほら」

「コータ？」

「カークのおかげで、少しずつだけど人も増えてる」

「カァッ！」

「だから、焦らずゆっくりでいいんじゃないかな。なんとか生活できてるし」

「……まあな。なんともコータらしいことで」

「ダメかな？」

「いや、いいと思うぞ。そんなコータだから、オレもここで好きに生きようって決めたんだしな！」

木材の切り出しが終わって、コウタはアビーとクルトの会話を聞いていたらしい。

絶黒の森の村づくりは「焦らずのんびり」でいくようだ。

小国なら落とせるほどの戦力があっても。

異世界に転移しても、女神から【健康】を授かっても、引きこもりは変わらないらしい。

「カァ?」

「木の盾はこうして縦横に重ねて土台を作ってやるだ。一枚板じゃ小さいべ?」

「カァ」

「小さい人……コウタさんやアビーさんならちょうどいいかもしんねえけども、みんな盾はいらねえみてえだからなあ」

「カァー」

「それに、この森はいい『生きている蔦《リビングアイビー》』が生えてるだ。ぐっと締めてくれっから、一枚板より強くなるかもしんねえ」

「カァ? カァー」

「『生きている蔦《リビングアイビー》』。ツタってそもそも生きてるような」

ディダは大きな手で、コウタが切断した木材を十字に組み合わせてツタを巻く。

ぐっぐっと力を込めて結んで、手を離す。

と、ツタがギチギチと音を立ててさらに締まった。

「な? こうしてやれば、なかなか離れねえだ」

「へえ、こっちの世界の【木工】はそんな方法があるんだね」

「オレもこうして見るのは初めて、って待て待て待て! 『生きている蔦《リビングアイビー》』!? 植物系モンスターじゃねえか!」

「そうだども?」

「あ、そうなの？」

「カァ？」

「くっそ、また天然が増えた！　なんで！　拠点の近くにモンスターがいたのに流してんだよ！　道中でツタをブチブチちぎってるなあと思ったら！」

「くははっ、いまさらであろうアビー殿？　この顔ぶれなら『生きている蔦《リビングアイビー》』など問題にもなるまいよ」

「それは！　そうだけども！　ああああああ！　まともな！　まともな感性の常識人が越してきてくれませんかねぇぇぇえええ！」

「その、アビー。ここ、『絶黒の森』って言って、普通の人は来られないってさっきも話してたような」

「それも！　そうだけども！　おおおおお！　『逸脱賢者』が異世界出身のコータに常識を説かれるっていうね！」

服が汚れるのもかまわず、アビーが地面を転げまわる。

最近はスカートをはかなくなったため問題はない。髪もくくっているため汚れは最低限だ……そういう問題ではない。

「……いせかい、出身？」

「あっうん。一緒に暮らしてくんだし、ディダにもその辺を話しておかないとね」

「カァ」

「そうだよな。オレもベルもクルトもおたがいの事情を知ってるんだし。共同生活するんなら、っクルトは同情するような視線をアビーに向けた。まあ本体だと眼球はないのだが。

ベルは我関せずとばかりに大岩の内外でごそごそしている。

コウタとディダは笑顔で話し込み、カークは二人の間をぴょこぴょこ飛び跳ねる。

ごろりと地面に寝そべったまま、アビーは空を見上げた。

てはあ。マイペースだなぁ……」

【5】

「おー、普通の木は削れるみたいだね」

「ふ、ふつう？　この木が普通だか？」

「コータ、ディダの言う通りだ。絶黒の森に生えてる黒い木は普通の木じゃねえぞ」

「はあ、そうなんだ」

「カァー」

「うむ。モンスターとはなっておらぬが、瘴気により変色した木だ。『普通』とは言えぬだろう」

ディダを拠点に迎えた翌日。

コウタたちはまた、精霊樹と小さな湖のほとりに集まっていた。

街に向かったベルはいない。

ディダは身をかがめて、なにやら作業している。

足元には養生中の木の盾、手元には木材があった。

精霊樹から授かった枝ではなく、コウタが伐り出した絶黒の森の木を加工しているらしい。

「普通じゃねえけど、これも硬くていい木だべ」

「よかった。さすがに、ディダのサイズの武器を探すのは大変そうだからなあ」

「あとは精霊樹の枝を加工できりゃな。オレのナイフでも歯が立たねえなんて」

「表面のみミスリルのナイフか。難しいであろうな。総ミスリルの刃物は、小さなナイフであれば持っているが……」

「クルト用のペーパーナイフ?か、食事用のナイフ?かな。さすがにディダには小さすぎる、よね？」

「んだ。小さい人……じゃねえべな、人族の普通のナイフなら使えると思うけども、それより小さいナイフは」

「ちまちま使うってわけにもいかねえか。巨人族《ギガント》も大変なんだな」

「あれ？　じゃあ里では服や日用品はどうしてたの？」

「自分で作るか、里の得意な人に頼むのが基本だべな。あとは、たまーに行商人さんが来てくれんだべ」

「へえ。帝国でも情報が入ってこねえ大陸の西端も、ちゃんと人の営みがあるんだなあ」

「未踏の地と思われた場所にも、存外、人の活動はあるものだ。インディジナ魔導国でも、見つけた新天地にはたいてい先住者がいたものよ」

「知られてないだけで、人は住んでるんだ。モンスターがいる世界でも」

「ははっ、コータ、オレたちだってそうだろ？　死の谷《デスバレー》の先、絶黒の森に人が住みついたなんて誰も思ってねえよ」

「あっうん、たしかに」

なんでもない会話だが、コウタやアビー、クルト、ディダにとっては、さまざまな情報を交換する大事な時間だ。

常識のすり合わせはできていないようだが、それはそれとして。

「行商人さんか。どんな人なの？　やっぱり強いのかな？　その、ここまで来てくれたり」

「山脈越えは無理じゃねえかなあ」

「えっと、人族のコウタさんやアビーさんぐらいの大きさで、動物みたいな耳があるだ」

「ほう、獣人であるか。山野《さんや》をめぐるには適任であろう」

「おー、いるんだ獣人！」

「ああ、帝国にもそこそこいたな。ディダ、なんの獣人だったかわかるか？」

「狐《きつね》って言ってただな。小せえから強くはないけど、幻術?を使えるから逃げるのは得意だって言ってただ」

「へえ、狐の獣人さん。……ちょっと見てみたいかも」

「カァー」

「幻術？　くっ、なんだこれ。こっちに来てから気になることがガンガン増えてく！」

「我も知らぬ魔法の一系統か、あるいはまったく異なる理《ことわり》か。知りたいところであるな。アビー殿より、我こそ求める理論であろう」

「そっか、幻がどんなものかわからないけど、クルトは理想の女性を創り出したいわけで」

「うむ。幻を生み出す技術は役に立つやもしれぬ」

「行商人さんが来られないなら、俺たちが行くのはありかもね。……街よりハードルは高くない気がするし」

「いやあ、カークとベルが道知ってるんだし、オレたちは街に行く方がラク、っと、道の問題じゃねえか」

「うん。まだちょっと、人混みは自信ないんだ。【健康】だから大丈夫だと思うけど」

「カァー」

街の場所がわかっているのに、コウタがこの地を離れないのは、道行きの難易度が問題なのではない。

コウタの心の問題だ。

女神から心身の【健康】を授かったとはいえ、コウタはこの世界に来る前は心を病んでいたのだ。

人の多い場所はまだ不安らしい。

なにしろ四ヶ月ちょっと前まではほぼ部屋にいて、外出は近場がせいぜいだったので。

なぐさめるかのように、カークがコウタの肩に止まって寄り添った。

「よし、これでできただ!……あ、あれ？」

ディダが新たな棍棒をかかげて、きょとんとする。

なんだかしんみりした空気に気づかなかったらしい。

まあ、暗い雰囲気が続くよりもよかったことだろう。たぶん。

「おおー、木を加工できるってすごいね！　自分で武器を作れるなんて！」

「へへ、えへへ、すごい、だか？　おら木工でそんなこと言われたの初めてで、えへへ」

「いやほんと助かる。これでいろいろ作れるようになったな！」

ディダが大きな体をくねらせる。

照れを振り払うかのように、自作した木の盾を構えて棍棒をぶんぶん振りまわすディダ。

子供のようにはしゃいでいるのではなく、新しい武器の使い心地を試しているらしい。

無邪気な笑みを浮かべているあたり、嬉しいのは確かなのだろう。

「木工か、何を作ってもらうかねえ。まずはディダの家からとして、次は」

「ディダは何かしたいことないの？　大きくなりたい、っていうのとは別に」

「……その、おら、ここでやりたいことは見つけたんだけども。だどもおらが」

「巨人族《ギガント》の少女よ、おそれず言ってみるがよい。なにしろコウタ殿とカーク殿、アビー殿は、我自身も、我の宿願も、たやすく理解を示したのだから」

「ア、アンデッドの願いを!?　すげえだな、コウタさん、カークさん、アビーさん……」

「そんな、クルトは俺たちに襲いかかったわけじゃないし、むしろ俺たちが住居に不法侵入した方で」

「研究へのアプローチも非道なことはしてねえしな。だったら別に？　ディダも、人を害すようなことじゃなければ、好きにしたらいいと思うぞ？」

「な、なら、おら……」

大きな体を縮こまらせて、ディダがためらいがちに湖に目を向ける。

心細いのか精霊樹の幹に触れる。

さわさわと、風もないのに精霊樹の葉が鳴った。まるで、少女を励ますように。

「おら、漁がしてみてえだ。小さいおらは漁に出せねえって、里ではやったことなくて、だからうまくいくかわからねえけど」

「漁か、うん、いいと思うよ！　あれ、でもこの湖、魚いるのかな」

「川にはいたんだし、湖にも多少はいるんじゃねえか？　どうだカーク？」

「カアッ！」

「いるっぽいね。漁か。釣りじゃなくて漁ってことは、船と網がいるのかな？」

「いんや、船はいらねえ。こう、ざぶざぶ腰まで水に入ってだな、ばーっと網を投げんだ。そんで力いっぱい引いて魚を陸に揚げるのが、おらたちの漁のやり方だ」

「里は海辺だったってことは地引網って感じかね。あー、たしかに、その方法なら深くまで行けるデカいヤツと、力が強いヤツが効率いいのか」

「はあ、なるほど」

「んだ。だから、里で一番小さいおらは、漁をしたことがねえだ。けど、やりたいことは、ここなら、その、ダメだか？」

「いいと思うよ！　魚がいるかどうかはわからないけど……なんかそんな話してたら魚食べたくなってきた」

「たしかに！　今度ベルが帰ってきたら、干物でも頼むか」

「い、いいんだか？　小さくて、一人前扱いされねえおらでも、ここで、漁をして」

「もちろん！　あ、けど海と違って網を入れる日にちは空けないとかな？　すぐ魚が増えるってことはないだろうし」

「その辺はやってみてだな。ディダ、むしろオレたちからもお願いしたい。こんな人里離れた場所だ、食材のバリエーションが増えるのは大歓迎だぜ！」

「カァ！」

湖で漁がしたいというディダの希望に、コウタとアビーが反対する理由はない。

カークもないらしい。労せずして魚を食べられるかもしれないと目がギラついている。漁夫の利である。人と鳥と魚介の関係がグチャグチャだ。

「ただ網がなあ、狩人が罠《わな》に使うヤツはありそうだけど、水場に使えるヤツは売ってっかなあ」

「ベルが帰ってきたら、また行ってもらうことになりそうだね」

「その、もしよかったらだども……おらが、作っていいだか？　繕うんじゃなくて、新しい、網を」

「えっ!?　作れるの!?」

「す、すまねえ、おらがそんな、網を作るなんておこがましかっただな」

「いやいやいや、そういうことじゃねえって！　どう見てもコータは喜んでるだろ！　マジで網を作れるの!?」

「近くにいい『生きている蔦《リビングアイビー》』が生えてるだ、それを使えば、その、最初から作るのは初めてだども、やり方はわかるだ」

「充分だよ！　あ、手伝えることがあったら言ってね！」

「よっしゃああああ！　自給自足にまた一歩近づいたな！　けど気を張んなくていいからな、ディダ。失敗したってまた試せばいいんだし！」

「うむ。何事も一度で成功することの方が少ないであろう。くじけず研鑽《けんさん》することが肝要なのだ」

ディダ、網も自作できるらしい。

コウタとアビーは諸手《もろて》を挙げて歓迎している。羽を広げてカークも、特に食事はいらないはずのクルトも。

ディダは精霊樹の根元にしゃがみこんで、ぷるぷる震えていた。

喜びを噛みしめて。

おうおうと泣きながら。


【6】


「えへへ……おらが、漁。おらの網で、漁ができる」

瘴気に満ちた絶黒の森の中央近く、森の中でひときわ大きな精霊樹がそびえる小さな湖のほとり。

そこに一人の少女の姿があった。

コウタたちが開拓した土の広場にペタッと座り込んでいる。

座り込んでいるにもかかわらず、視線は普通の人族の高さだろう。

少女は、巨人族《ギガント》であった。

もっとも、三メートル超と、巨人族《ギガント》にしては小さいようだが。

巨人族《ギガント》の少女・ディダラドラはせわしなく両手を動かす。

大きな手を器用に使って、細く長いツタをよっていた。

漁に使う網を自作しているらしい。

「こんだけ生きている蔦《リビングアイビー》が採れるんなら、網づくりには困らねえだな」

手にしているのは葉を落としたツタだ。

森でよく見かけるなんの変哲もないツタ、に見えた。

まとまって置かれた場所で、もぞもぞ動き出さなければ。

ツタが動くたび、ディダは棍棒を軽く叩《たた》きつける。

と、ツタはまた動かなくなる。

弱った獲物を捕らえるタイプのモンスターで、それほど強くはないようだ。

まあ、危険なモンスターだったら、カークやアビーがいままで気づかないことはなかっただろう。

コウタは怪しい。

「やらせてもらえなかった漁を、ここならできる」

ツタをよってロープ状にして、そこから網を作る。

完成まで先は長いが、ディダの顔は明るい。

ちなみにコウタが「手伝おうか」と申し出たものの、ディダは断って一人で作業している。

自作の網で漁をする。

巨人族《ギガント》の里では叶《かな》えられなかったディダの夢である。

夢は一つだけではない。

「それに……ここなら、大きくなれるかもしれねえ」

ツタをよる手を止めて、ディダは頭上に目を向けた。

巨人族《ギガント》のディダよりもさらに大きな精霊樹が、枝を広げている。

見上げるディダの顔に、ぽとりと果実が落ちてくる。

「貴重な実だってアビーさんに聞きました。ありがとうごぜえます」

別にディダが要求したわけではない。

精霊樹が気でもまわしたのか。気の利く樹である。

『逸脱賢者』のアビーと古代文明の生き残り魔導士・クルトによると、巨人族《ギガント》は身に宿る魔力を成長と身体強化にまわしているらしい。

つまり巨人族《ギガント》は、魔力が増えれば体が大きくなる。強くなる。

「里で一番小さい巨人族《ギガント》」だったディダにとって、大きくなることは憧れだった。

旅に出たのは独り立ちするためであり、大きくなる方法を探してのことだ。

里のみんなは小さくても優しくしてくれて、木工や細かな仕事を任せてくれたが、大きくなる夢も、一人前と認められて漁をする夢も諦められなかった。

樹にぺこっと頭を下げてから、ディダは精霊樹の果実《アンブロシア》を口に放り込む。

清浄な魔力に満ちたそれは、食べればわずかながら体内魔力を増加させるのだという。

塵《ちり》も積もれば山となる。

魔力が増えれば大きくなる。

ディダは手を動かす。

カークの導きとコウタたちとの出会いと、精霊樹の存在に感謝して。

一つの祈りの形のように、手を動かし続ける。

「網を作って、漁をして。そしたらおら、コウタさんとカークさんとアビーさんとクルトさんに食べてもらうんだ。初モノは精霊樹さんにも捧《ささ》げてえだな」

少女はひとり、湖畔でつぶやく。

コウタは自分で作った畑へ、農作業に行った。

カークは日課の見まわり中だ。湖上から魚影を見つけて「魚がいるぞ！」とひと鳴きしたが、ディダには通じなかった。カラスなので。

アビーとクルトは、ダンジョンに行ってなにやら新たな魔法を開発している。

それぞれがそれぞれ、できることをしていた。

「おらの家より前に、コウタさんの家に手を入れてえ」

ディダがちらっと横を見る。

精霊樹の根元にはコウタが自分で作った家がある。

家というか、犬小屋よりちょっと大きい程度の掘っ立て小屋だ。

しかも、いつ崩れてもおかしくないような出来の。

「小さくても気に入ってるって言ってたけども、せめて直した方がいいのは間違いねえだ。やらせてくれんなら、みんなの家も建ててえだな」

困ったように眉を寄せる。

コウタもアビーもベルも、木材加工の経験はない。

アビーはクルト仕込みの魔法でなんとかして、ベルは中をくり抜かれた大岩で暮らしているが、どちらも力技だ。

安定した住居を持つのはクルトだけである。アンデッドが跋扈《ばっこ》するダンジョンだが。

「へへ……やることがあって、大きくなれるかもしれなくて、頼られてる。最高の住処《すみか》を見つけただ」

手を止めて、湖や木の影をぼんやり見ながら少女が漏らす。

うっすらと涙ぐんでいる。

「おらじゃ力不足かもしれねえけど……コウタさんもみんなも精霊樹さんも、守ってみせるだ」

つぶやく。

大きな手で拳をつくって、ディダは決意を新たにした。

やりたいことができる。

大きくなる可能性がある。

住環境も日用品もなにもかも不足しているが、ディダは満足そうだ。

生まれ育った里を出て、海から離れて道に迷い、山を越えて。

「小さな巨人族《ギガント》」の少女は、理想郷を見つけたのかもしれない。


――いま、ようやく。

第二章 コウタ、さらに増えた新たな仲間とともに僻地の開拓を続ける

【1】

コウタとカークがこの世界で目覚めてから、間もなく五ヶ月が経《た》つ。

精霊樹と小さな湖のほとりも、一人と一羽で過ごしていた頃から比べれば人が増えた。

女神からスキル【健康】を授かったコウタ、【導き手】の三本足のカラス・カークに加えて、心は男性のままなのに女性に異世界転生した『逸脱賢者』のアビー、勇者に追放された荷運び人《ポーター》・ベル、古代文明の生き残りアンデッドのクルト、「小さな巨人族《ギガント》」の少女・ディダ。

クルトは普段ダンジョンで生活しているため、精霊樹のふもとで暮らすのは四人と一羽だ。

「健康で穏やかな暮らし」を目指して、それぞれができることをやっている。

いちおう、精霊樹の働きにより、コウタたちが暮らす周辺は浄化されているらしいのだが。

瘴気《しょうき》渦巻き、常人の侵入を阻む『絶黒の森』で。

「おおー、順調に育ってるなあ」

コウタはいま、精霊樹の根元の広場からやや離れた場所にいた。

目の前に広がるのは畑だ。

小さな畑ではあるが、激務で心身を壊したコウタにとっては、ひさしぶりの労働の成果である。

しかも、自身が伐採して耕して、種を蒔《ま》いてと、イチから手をかけたものだ。

順調に育つ農作物を前に、感慨を抱くのも当然だろう。

「カァー。カアッ！」

ニコニコと笑顔を見せるコウタの隣で、カークもまたご機嫌だ。

ぴょんぴょんと地面を跳ねて、ときおりバサッと羽を広げる。

カラス麦の生育を確かめているのか。カラスだけに。

「カラス麦の方は大丈夫そうだけど……こっちの、芋は手を入れた方がいいのかなあ。ずいぶん蔓《つる》と草が茂ってるような」

芽が出て以降、作物はぐんぐん成長している。

ベルとアビーが言うには「育てやすい種類」を指定して買ってきた種らしい。

四人と一羽になっても、誰一人農業経験がなかったので。

だから、畝《うね》を隠すほど芋の蔓が伸びていても、コウタが相談できる人はいない。

頭を悩ませたコウタがかがむ。

じっくり見ようと蔓に顔を近づける。

「カァッ！」

「ん？　どうしたのカーク？」

カークの鋭い鳴き声に、コウタは首をかしげる。

カァカアと連呼されてもきょとんとしたままだ。

隣の畑を見ていたカークが近づいて、くちばしで芋の蔓をついばむ。

「あっ、ダメだよカーク、これはいま食べるやつじゃなくて育ってから……え？」

カークがついばんだ蔓は、畝の上でうねうねうねっていた。

「えっなにこれ生きて、そりゃ生きてるんだけどそういうことじゃなくて、あれ？　おわっ!?」

「カァ！」

カークが蔓をついばんだのは、つまみ食いするためではない。

蔓がうねって、コウタの足に絡んでいたからだ。

コウタもようやく気づいたらしい。

だが、気づいた時にはもう遅い。

芋の蔓だったはずのものは、四方八方からコウタに襲いかかる。

コウタは、なすすべなく蔓に絡まれた。

「カア！　カアカァ……ガアッ！」

カークが得意の【陽《ひ》魔法】を使うも、蔓の一部分しか焦がせない。

森や畑といった周囲、それに絡まれたコウタに配慮してのことだろう。

もっとも。

「ど、どうしようこれ」

足も腕も胴も蔓に絡まれても、コウタは戸惑うばかりでなんの影響もないようだ。

なにしろ心も体も【健康】で、女神から授かったそれはレベルにすると【ｅｘ】らしいので。

「ちょっと動きにくい、あ、そんなこともないか」

「カ、カァ？」

「心配してくれてるのかな？　ありがとうカーク、害はなさそうだよこれ」

は？それ大丈夫なの？とばかりにカークが目を丸くする。二跳ねしてコウタから遠ざかる。引き気味のようだ。

追加でコウタに襲いかかろうとしていた蔓が止まる。

地面から伸びた蔓が空中でうねる。拘束できないことが不思議らしい。

「けどこのままってわけにもいかないしなあ。どうしよ」

「カァー。カア！」

「そうだね、俺たちはもう一人じゃないんだ。みんなに相談してみようか」

【健康】のおかげでコウタにダメージは通らない。

以前、クルトと戦った際には精神攻撃も効かなかった。

それどころか、伐採した時に木がコウタを直撃しても、コウタは怪我《けが》ひとつ負わなかった。

そして、いまも。

「カ、カァ……」

コウタは歩き出す。

蔓に絡まれたまま、何事もなかったかのように。

「アビーはいるかな。そうだ、『広場で作業する』って言ってたから、ディダはいるはず！　取ってもらえるかなあこれ」

ブツブツつぶやきながらスタスタ歩く。

蔓はズルズル引きずられる。

「カァ？　カアカァ？」

「あっうん、大丈夫だよカーク。それがそんなに歩きづらくないんだ」

心配するカークに、コウタはなんでもないことのように答えた。

手足も体も、いたるところにうにょうにょ動く蔓を巻きつけながら。

コウタの【健康】は、植物系モンスターによる拘束さえ許さないらしい。

ただ、動くことはできるが、放置していいものでもないはず。

そう考えたコウタは、畑をあとにして広場に向かった。

「いたいた。おーい！　アビー！　ディダ！」

「どうしたコータ、畑の様子は、ってそりゃ帰ってくるな。なんだそれ」

「わわっ！　大変だコウタさん！　イビルプラントに絡みつかれてるだ！」

開拓した畑から、精霊樹と小さな湖のほとりの広場はそう離れていない。

すぐに、木工作業をしていたアビーとディダの目に入る。

「健康で穏やかな暮らし」を送るための村づくりは、まだまだ発展途上であった。

「よかった、ディダはこれが何だか知ってるんだね」

「まあ、植物が変異したイビルプラントは有名だな。『農家の敵』ってヤツだ」

「カァ？」

「いやカークのことじゃねえって。カラスも敵扱いされるけどな、カークは別物だろ」

「畑より、森にコイツが出たら大変なんだべ！　里中総出で引っこ抜いたもんだべなあ」

「へえ。じゃあ、畑の芋がイビルプラントになったのは珍しくないのかな？」

「ああ。この辺も、清浄なだけで魔力は濃いしな、充分あり得る。それよりコータ、大丈夫なのか
それ？　めっちゃ絡みつかれてるぞ」

「え？　うん、特に痛くもないし、動きにくいところもないし……」

「どんだけだ【健康】。さすがチートスキル」

「ちーと、だか？」

「あー、それはあとでなディダ」

「問題はないんだけど、これ取ってもらえないかなあと思って」

「どうすっかなあ。オレの空間魔法でズパッとやっちゃってもいいんだけど、境目がわかりづれえしなあ」

「えっ、それ俺も切り刻まれるような、ってそうか、俺は怪我しないから」

「ああ。だから、コータに当たっても傷つかねえんだろうけどよ」

「なら！　コウタさん、アビーさん、おらに任せてほしいだ！」

植物系モンスター《イビルプラント》に絡みつかれたコウタに、ディダがずいっとにじり寄った。

三メートル超の少女が鼻息荒く近づいても、コウタに怯《おび》えた表情はない。

出会ってからわずかな日数で、すっかり信頼しているらしい。

「うん、お願いするよ」

「そこは『痛くしないでね！』とか言って、頬《ほお》を赤らめるところだろコータぁ！」

「ええ……？　アビーは俺をどの方向に持ってくつもりなの……」

「カァー」

「えいっ！　痛くねえだかコウタさん？」

「あっうん、平気だよ。ありがとうディダ」

「ならよかっただ。ていっ！　せやっ！」

ディダが大きな手で、うねる蔓を掴《つか》んでぶちぶち引きちぎっていく。

丁寧な手つきではあるが、コウタでなければ痛みを感じたことだろう。

ディダは、外した蔓をびしびし地面に打ち付けた。と、ひくひくしていた蔓が動かなくなる。倒した、らしい。わかりづらい。

巨人族《ギガント》の少女がイビルプラントと格闘することしばし。

コウタはようやく自由を取り戻した。

絡みつかれていたのに、素肌に赤い痕はない。

「植物系モンスターかあ。じゃあ、この森で農業は無理なのかなあ」

「そんなことねえぞ。ほら、見てみろコータ」

アビーがすうっと、蔓の山を指し示す。

ディダが引きちぎってまとめておいた、イビルプラントの残骸。

そこには、蔓と葉っぱ以外の物があった。

芋である。見た目は。

「あれ？　俺が畑で絡まれた時は、そんなのなかったような」

「カア」

「ああ、イビルプラントは取りついたヤツの魔力を吸収するんだ。普通は干からびて死んじまうんだけど……無事だったのは【健康】のせいか、コータの規格外の魔力量のせいか」

「……これ、食べられるの？」

「イビルプラントになったって、元の植物のまんまだ！　食えるヤツなら食えるままだべ！」

「ディダの言う通り、食えるぞ。魔力で育ったヤツで、元モンスターってことを気にしなけりゃな」

「おおー」

「カァッ！」

芋を拾い上げて、まじまじと眺めるコウタ。

コウタの肩に止まったカークも興味津々で見つめている。

元引きこもりだったコウタ、ひさしぶりの労働と初の農作業の収穫は、本人さえ気づかないほど呆気《あっけ》なく終わったらしい。

「ねえ、これひょっとして、俺の魔力で促成栽培できるんじゃ……？　その、俺は魔力があっても使い道がないし」

「コ、コウタさん？　つまりわざと植物をモンスターにするだべか？」

「変異させてモンスターにすればそりゃ促成栽培できるかもな！　普通は避けるんだけどな！」

名案だ、とばかりに笑顔のコウタの発言にディダは引き気味だ。

アビーもいまいち乗り気ではないらしい。

食料に困窮しているならともかく、ここには精霊樹《アンブロシア》の果実もある。

ベルが街と往復して買い出しもしている。

四人と一羽が食べていくにはこれまで通りでも問題はない。いまのところ。

「ふむ、興味深い。では我が魔力を供給して進ぜよう」

「あ、クルト。俺より魔力量が多いんだっけ？　二人でやればたくさん採れそうだね！」

「だ、大丈夫だか!?　アンデッドの魔力を吸い取ったイビルプラントはどうなるだか!?　アビーさん!?」

「さらに変異しそうだな！　どう考えても大丈夫じゃねえだろ！」

ダメっぽい。

精霊樹周辺の、ある程度清浄な魔力ですらイビルプラントになったのだ。

濃密な瘴気をまとったワイトキング——クルト——の魔力を吸収したら、さらに凶悪なモンスターになりかねない。

芋も食べられるか不明だ。

まあ、クルトはどうなるか興味があるようだが、それはそれとして。

「いいアイデアだと思ったんだけどなあ」

「ま、まあ人が増えてどうしようもなくなったらこっそりな。クルトの魔力でどうなるかはオレも知りてえから、そこはダンジョンでやってみるかね」

「うむ。ではのちほど試してみるとしよう」

「た、試すんだべな……おら、すごいところに来ちまったかもしれねえ……」

「カァー」

動揺するディダを慰めるようにカークが鳴く。

カルチャーショックである。

同じ世界で育ったとはいえ、ディダは同族しかいない里出身で、アビーは帝国出身、クルトはすでに滅んだ古代文明の生き残りだ。

常識がズレることも多い。コウタは異世界転移で、アビーは異世界転生組だし。

「ただいま戻りましたー！　あれ？　どうしたんですか、みなさん？」

イビルプラント騒ぎのおかげで気づかなかったのだろう。

大岩を背負って、買い出しに行っていたベルが帰ってきた。

きょとんとした顔でコウタたちを眺める。

と、コウタが手にした芋と、まだひくひくする蔓の山に気づく。

「あっ！　イビルプラントですね！　村ではよく出ました！」

「ベルも知ってるんだ」

「はいっ！　これが出ると作物がすぐ育つので、村の人たちは喜んでました！」

「へえ。ベルが育った村も魔力が濃かったのかもね」

「あれ、おらがおかしいんだべか。里のみんなで引き抜いて燃やして大騒ぎだった覚えが……」

「深く考えるなディダ。イビルプラントは『農家の敵』だ。たぶんディダの反応が合ってるぞ」

「カァー」

嬉しそうなベルとコウタをよそに、ディダは困惑していた。

アビーとカークがフォローする。

アビーは常識から外れた『逸脱賢者』で、カークは三本足のカラスでｅｘスキル持ちと、二人（一人と一羽）ともフォロー側ではないはずなのに。

絶黒の森での「初収穫」は、予想外の形で迎えることになった。

が、食料の心配は減ったようだ。種類と内容はともかく、量は。

人里離れた集落にとっては大切なことである。

【2】

精霊樹と小さな湖のほとりの広場には、ひさしぶりに全員が揃《そろ》っていた。

片道約一週間、最寄りの街に行っていた荷運び人《ポーター》、ベルが帰ってきたのだ。

いつものように五メートルはある大岩を背負って、瘴気渦巻く絶黒の森と、旅人や冒険者の侵入を阻む死の谷《デスバレー》を越えて。

少年がありえないほどの大岩を軽々背負っているのを見ても、コウタとカークとアビーとクルトに動揺はない。見慣れた光景だ。

ディダは大きな手で何度も目をこすっていた。まだ慣れてないらしい。

「それで、どうだったベル？」

「えっと、総ミスリルの刃物はありませんでした！」

「だよなあ。この辺で一番デカい街っていっても、大陸西方はそもそも人が少ねえからなあ」

「うーん……あれ？　そういえばクルトも精霊樹の枝をもらってたよね？　どうやって加工してるの？」

「魔法で地道に削っているのだ。時間がかかるのが難点だが、我には時間があるゆえ」

「あー、なるほど。じゃあお願いするのも厳しいかな？」

「うむ、コウタ殿の頼みであれば引き受けたいのだが、すぐに取り掛かるのは難しい」

「コウタさん、おら急がねえし、なんならこのままでもいいだ。こんな立派な木材を使った棍棒《こんぼう》もあるし」

「総ミスリルか、一本持っておくと便利なんだよなあ。やっぱオレが『ワープホール』経由で」

「時間がかかってもいいなら、僕が遠征しましょうか？　荷を運ぶのが僕の仕事です！」

「ディダもこう言ってくれてるんだし、その辺はゆっくり考えよう。ほかにも必要なものが出てくるかもしれないしね」

「それもそうだな、どうせ行くんならまとめて買い出しに行った方がいいか。ベル、ほかの物資は？」

「はい！　ほかは問題なく揃えられたそうです！　これが目録です！　あ、アビーさん、お手紙ありがとうございました！」

「おう。届けてくれてありがとな、カーク」

「カアッ！」

　ディダが精霊樹から授けられた太い枝を加工するには、手持ちの刃物では歯が立たなかった。

　コウタが使っている鹿ツノ剣なら切れるのだが、精霊樹の魔力が変質してしまう。

　アビーの『空間斬《ディメンションカット》』でも切断できるが、細かな調整は不可能だ。

　精霊樹を変質させることなく思い通りに削り出すには、総ミスリル以上の切れ味を持つ刃物が必要だろう。

　というのがアビーとクルトの見立てだが、ベルはすでに物資の調達に旅立ったあとだった。

　帰ってきて、また次に行く時に依頼するか。

　そんなことを考えていたコウタとアビーだったが、カークの必死のアピールで気づいたのだ。

カークが飛んでいけば間に合うんじゃね？

短い手紙ぐらいなら運べるんじゃね？と。

伝書バトならぬ伝書カラスだ。新たな通信手段の確立である。使い道が限られている。

ともあれ、ベルはカークから無事に手紙を受け取って、総ミスリルの刃物を探してきてくれたようだ。

「大きな服はなかったので、布を買ってきました！」

「え？　これ、中古なんじゃ」

「あー、コウタは転移系だもんな。コウタ、こっちじゃ服は中古が普通なんだ。貴族だって金がない家はお下がりを着るぐらいだぞ」

「へえ、そういうものなんだ。……ディダは気にならない？」

「新しい布なんてめったに見ねえだな。自分で草を編んだ羽織とか海獣や獣やモンスターの皮なんかは村でも新品を見かけたけども」

「ああ、装備品は別だな。それも中古品が安いからなあ、新品を使ったことねえってヤツも多いぞ」

「んだ！　その、ほんとにいいだか？　まだ穴も開いてねえこんないい布を、おらの服にして」

目の荒い麻っぽい布を手に、ディダはぷるぷるしている。

中古であっても状態のいい布は、ディダにとって貴重品らしい。

「うん、着替えを含めても俺たちの服はもう充分あるしね。あ。仕立てはどうしよ」

「針仕事はなあ、やれるっちゃやれるけど……んー、頭通す穴開けて、両横は結ぶぐらいでいいんじゃねえか？」

「あ、穴!?　もったいねえだ、それならおら、こう、肩からかけてこの草紐《くさひも》で腰んとこ結ぶだけで充分だべ！」

わたわたと、ディダが布を肩に当てる。

だらりと垂れた布を、背中側から前にまわしてまた肩に当てる。

外れないようにだろう、何ヶ所かを自作した草の紐で結ぶ。

服も皮の鎧《よろい》も着ているため、素肌が見えることはない。

「……これ、替えの服にはならないんじゃ」

「そうだか？　これだけだって何も見えねえし、漁の時は男衆なんてもっとひどいだ」

「そっか、ディダは海沿いの出身だっけ」

「ま、まあ見えてなけりゃ平気じゃねえか？　いろいろデカいけどちゃんと隠れてるしな！」

「うん、動きやすいだ！　へへ、おらの、服……ありがとうコウタさん、アビーさん、ベルさん、カークさん、クルトさんも！」

「わあ！　盾と棍棒を持つと強そうですね！」

古代ローマのトーガのように布をまとったディダが、木の盾と棍棒を構えてぶんぶん振りまわす。

絶黒の森の木を削って作られた棍棒は、ぶわっと風を起こした。

紐で縛ったせいか、布が落ちることはない。

「……なんというか、バーバリアンっぽいね」

「カァッ！」

「あーくそ、鏖殺熊《ジェノサイド・グリズリー》の皮を売らなきゃよかったな」

「ディダさんにはすごく似合ったと思います！」

「いや、それもっとバーバリアンっぽくなっちゃうような……」

「ふむ、では我が装飾品を融通するか？　あるいは小さなスケルトンを喚《よ》び出して骨を加工してもよいかもしれぬ」

「カア？」

「ええ……？　みんなディダをどうしたいの……？」

生まれ育った里では貴重だった布を自分用に贈られて、嬉《うれ》しそうに動きまわるディダをしり目に、コウタたちはそんな会話を交わしていた。

生活に余裕ができたら、ディダはバーバリアン風にコーディネートされるかもしれない。

知らぬは本人ばかりである。

まあ、本人は「自分専用」の品に喜びそうだが。

ちなみに。

ディダに贈られたといっても、プレゼントされたわけではない。

これからディダが担当する木工と漁、労働の対価の先払いだ。

コウタたちが切り拓《ひら》いている集落に、貨幣はほとんど流通していない。

「健康で穏やかな暮らし」にはまだ遠い。それに、「文化的な」を加えたらよけいに。

「これでよしっと」

「早く手に入るといいね」

「どうかなあ、いくら帝都ったって、いつも売ってるってわけじゃねえからなあ」

コウタの目の前で、魔法陣の上にあった小さな布袋が消える。

アビーは魔法の成功を見届けて、ぽりぽりと頭をかいた。

うしろでひとつ結びにした長い髪が揺れる。

布袋が消えた先は、はるか東、帝国は帝都のアビゲイル侯爵の屋敷だ。

『逸脱賢者』アビーの空間魔法、『ワープホール』である。

「クルトにもお礼を言わないとね。このためにわざわざ強力なアンデッドを喚んでくれたんだから」

「強力……だったんだけどなあ。コータは【健康】で傷つかねえし、ベルは【解体】であっさり倒すし。そんで魔石ゲットするってマッチポンプ感がすげえ」

「うーん、たしかに、頼りきりになったらダメになっちゃいそうだ」

「おお、わかってんじゃねえかコータ。オレたちはオレたちで、ちゃんと働かねえとな」

「カアッ！」

布袋にみっしり詰められていたのは、ダンジョンで得た魔石だ。

できるだけ質の高いものを入手するために、【ダンジョンマスター】のクルトに頼んで強力なアンデッドを喚ばせたらしい。

「うう……おらのために、ありがとうごぜえます……」

「大丈夫だよディダ。ほら、今回のミスリルナイフは俺たちがつくる村の共有財産にする予定だから」

「それでも、おらの武器を作るためので、ありがてえだ……」

「ほんと気にすんなって！　精霊樹の枝を加工するには必要だからな、いずれ手に入れねえといけなかったわけだし！」

「うう……」

アビーの空間魔法『ワープホール』を見守っていたのはコウタとカークだけではない。

横にはディダもいた。

地面にヒザをついて大きな体を小さくして、コウタたちの行動にぐずぐず泣きながら。

しばらく涙していたディダが、ぐしぐしと目元を拭って立ち上がる。

「おら、恩返しするだ！　漁をして、それに、もっと立派なコウタさんとカークさんの家を建てるだ！」

「ははっ、ありがとう。けど時間のある時でいいからね」

「アビーさんも、おらに手伝えることがあったらなんでも言ってくだせえ！」

「ディダのおかげでシャワー場の拡充も終わったしな、ゆっくりでいいぞゆっくりで」

拳を振り上げてやる気を見せるも、コウタもアビーも微笑《ほほえ》んでなだめるだけだ。カークは拳に止まって羽を広げた。

巨人族《ギガント》の少女は自己評価が低いが、しっかり活躍している。

念願だった漁をするための網は完成間近だ。

というかほぼ完成して、いまは一度濡《ぬ》らして天日干ししている。

こうすることで、元モンスターの『生きている蔦《リビングアイビー》』が締まって網が強化されるらしい。

ディダいわく、「これで乾いたら、あとは重りと浮きをつけるだけ」だそうだ。

もうすぐ漁ができるとあってディダの目は輝き、魚を期待してコウタの目も輝いていた。あとカーク。

ディダの活躍はそれだけではない。

「けっこう広くなったね。こうなったら浴槽も作る？」

「組み木はキツイけど、魔法で地面をどうにかするか、岩をくり抜くんならイケそうな気がする」

「カァ？」

「せっかくなら露天の大浴場にするか！　みんなで入れるヤツ！」

「いや、みんなでお風呂はちょっと……交代制とか」

まだ加工できない精霊樹の枝はともかくとして、ディダは自分の武器である棍棒と木の盾をさくっと製作した。

その腕を見込んで、アビーはシャワー場拡充の協力を頼んだのだ。

タイル調の床はアビーの魔法で、まわりを囲う目隠しをディダが加工した木材で。

身長三メートルを超えるディダに合わせて、いまでは立派なシャワー場となっていた。

ただし、蛇口をひねればお湯が出る、快適なシャワーではない。

お湯はアビーかクルトの魔法で出して、桶《おけ》から自分ですくう形だ。

シャワーというよりは「洗い場」の方が近いかもしれない。

それでも、この世界で生まれ育ったベルやディダからすると「ぜいたくで便利」らしい。

コウタとアビーは満足できず、浴槽にお湯を張ってつかりたいようだが。

「ええー？　隠しときゃいいんじゃねえか？　なあディダ？」

「お風呂、だか？」

「体を洗ってから、お湯に体をつけるんだ。気持ちいいぞー。帝国でも貴族は好きなヤツが多かったな」

「へえ、わりと一般的なんだ」

「貴族なら魔法でお湯を準備できるヤツもいるからな。一般じゃ一部の物好きがたまに、ぐらいらしい」

「体がつかるほどたくさんの、あったかいお湯……みんなで……楽しそうだべ！」

「その、はだかになるから、男湯と女湯をつくるか、時間で分けたらね。みんなでは入らないからね」

「かーっ！　そこはシレッと『みんなで入るのが普通ですけど何か？』みたいな顔していくとこだろ！」

「発想がおじさんっぽいよアビー……」

「カァー」

『逸脱賢者』のアビーは、体は女性だが心は男性だ。

しかも、日本で生まれ育った男子高校生の意識が連続している。

元貴族のＴＳ転生賢者である。属性が多い。

「ディダ、俺たちのことはいいから、次は自分の家をつくるといいよ。ありがとね」

「ええっ!?　だどもコウタさん、いまのコウタさんの家は、元の家の形のままつくり直した『ひとまず』で」

「充分充分。ちゃんと雨風しのげるし、俺もカークも気に入ってるから」

「カァ、カアッ！」

ディダが得意の【木工】スキルを活かして作ったのは武器や網、シャワー場だけではない。

いつ崩れてもおかしくない、コウタがＤＩＹした掘っ建て小屋も建て直されていた。

アビーが魔法で乾燥させた木材を使って、歪《ゆが》みも、意図した以外の穴や隙間《すきま》もなく。

精霊樹の根元、樹《き》のウロとつながるコウタとカークの寝床は、いまや「素人が日曜大工した犬小屋」から、「市販されてそうな大きめの犬小屋」にグレードアップしていた。

「気に入って……小さい人、じゃなくって、人族は狭いところが好きなんだべか……」

「コウタを人族の基準にしない方がいいぞディダ。狭いところが好きってヤツもいるけどな、一般的じゃねえからな」

悩みはじめたディダにアビーが声をかける。

もっとも、言ったアビーは「常識はずれの『逸脱賢者』」と呼ばれていたわけだが、つっこむ者はいない。

「そっか、もうすぐ網ができるんだし、家づくりより漁が先かな？」

「ほら聞いてない。どうするディダ、好きな方からでいいぞ？」

「おら、漁がしたいだ！　野営の道具はあるし、家はまだまだ先で充分だべな！」

「おー。どんな感じなんだろ、漁も、魚も楽しみだ」

「うっし、そんじゃオレはかまどを補修して、地下貯蔵庫も仕上げとくか！　たくさん獲《と》ってくれよ、ディダ！」

「カアッ！」

ディダの宣言に、アビーとカークが歓声をあげる。

コウタはにこにこと嬉しそうだ。

瘴気が渦巻き、人の寄り付かない絶黒の森には穏やかな時間が流れていた。

【木工】をこなせるディダが仲間になったことで、コウタたちの生活は充実のきざしを見せはじめている。

けっきょく、精霊樹の枝を削り出すミスリルナイフの入手はまだ時間がかかるようだが。

武器を揃える優先順位は低い。

なにしろいまでさえ戦力は過剰なので。

【3】

今日も、五人と一羽は小さな湖のほとりに集まっていた。

「ディダ、転ばないように気をつけてね！」

「水棲《すいせい》モンスターに襲われねえようにな。まあ、大丈夫なんだろうけどよ」

「カァー、カアッ！」

「カークさんも楽しそうですね！」

「ふむ、あれは姿を見せることで魚を追い込んでいるのであろう。あるいは、『ここに魚がいるぞ』と示しているのかもしれぬ」

四人は思い思いの感想を口にする。

視線の先には、湖の上を旋回するカークともう一人。

「おら小せえから、この辺ぐらいでやめといた方がよさそうだ」

湖に入った、ディダがいた。

身長三メートルを超える巨人族《ギガント》の少女は、腰まで水につかっている。

「じゃあ、いよいよだね！」

「頼むぞディダ！　ここまで来たら、ひさしぶりに魚が食いてえ！」

「なら僕が【運搬】してきましょうか？　大陸の北まで足を延ばせば」

「いかに荷運び人《ポーター》とはいえ、日数がかかるであろう。難しいのではないか？」

コウタとアビーの声援を受けて、ディダは肩に担いでいた網を手にした。

絶黒の森の植物系モンスターの素材で自作した網は、ようやく完成したらしい。

今日が初めての「漁」である。

「カァッ！」

「ありがとう、カークさん！　いくだっ！　せやっ！」

なんらかの合図だったのか、カークが一声鳴く。

ディダが頷《うなず》いて気合を入れて、網を投げた。

網は空中でサアッと広がる。

原始的な投網漁である。

網は弧を描いて着水して、下部は重りで下へ、上部は浮きで水面にとどまった。

絵に描いたような投げ網に、人間たちは拍手で讃《たた》える。

人間かどうか怪しいクルトも拍手で讃える。

ディダは真剣な眼差しで沈んでいく網を見つめ、突然ザブザブと岸に向かって歩き出した。

いい感じに沈んだタイミングだったらしい。

網の重さと水の抵抗に踏ん張りながら、ディダが歩を進める。

手伝おうかというコウタやアビーの申し出に首を振る。

絶黒の森の拠点での、最初の漁。

幼い頃から憧れて、里で投網の練習を重ね、それでも里で一番小さいため参加を許されなかったディダの、初めての漁。

ディダは、一人でやりたいのだろう。

悔しさを晴らすために、小さくてもできるんだと自分に示すために。

ディダの歩みは遅い。

網の下部は、水底を引きずっているためずいぶん重いようだ。

体を前に傾けて一歩ずつ岸に向かうディダの歩みを、コウタたちが応援する。

カークだけは網の上を飛んで、魚が捕まえられたかチェックする。カアッ！と喜びの咆哮《ほうこう》を響かせる。が、アビーとクルトは気づかないフリをする。

やがて、ディダの腰が水面から出た。

ぼたぼたと水を垂らしながらそのまま進む。

膝が出て、足が出て。

ディダが岸辺を進んでいく。

力を入れ続けたためか、顔は紅潮している。

「がんばれディダ、もうちょっとだ！」

「魔力が活性化してる。ナチュラルに身体強化してんのか」

「なるほど。これでは、巨人族《ギガント》は魔法を使えまい。魔力を身体強化に使い、余剰魔力は体の成長に使われているのであろう」

アビーとクルトの魔法談義をよそに、ディダはくるりと向きを変えて、今度は網を引っ張る。

あいかわらず、コウタの手伝いの申し出も断った。

最初の漁は、最後まで、自分一人で。

ディダのこだわり《プライド》である。

ずりずりと網を引っ張って、しばらくすると。

湖面に、ばしゃばしゃと波が起きた。

「わあっ！　見てくださいあれ！」

「おおっ！」

「カアッ、カアー！」

水深が浅くなって暴れる魚だ。

一匹ではなく、少なくとも数匹が見える。

「うんしょっ！」

ひときわ大きな掛け声で、ディダが網を引いた。

網がざぱっと湖面を割る。

勢いよく空中に飛び出して、水滴がきらめいた。

宙を舞う網の中で何匹かの魚が暴れている。

「ぼえーっ！」

岸辺に、奇妙な鳴き声が響いた。

魚の。

「…………えっと？　こっちの魚って、鳴くのかな？」

「ど、どうだろうな。オレも調理されたヤツしか見たことねえから」

「カァー……」

岸辺に打ち上げられた魚は、網の中でぼえぼえと鳴きながら跳ねまわっている。

見た目はコウタたちの知る一般的な「魚」の形なのに、口からは確かに奇妙な声が聞こえていた。

コウタ、アビー、カーク。

元日本組は引き気味である。

「わあ！　活きのいいお魚ですね！」

「ふむ。水棲生物は発声器官がないものが多いはずだが……これは興味深い」

一方で、異世界組は喜んでいた。

クルトは方向性が違うようだが。

そして。

「やった、やっただ！　跳ねて鳴いて美味《おい》しそうな魚が三匹も！」

漁に憧れて、初めての投網漁をしたディダは、歓喜の涙を流していた。

「おら。おらが、やった、やっと、漁で、魚を……」

ぼえぼえ鳴く魚を前に、身を縮めてぐすぐす泣く。

とりあえず、魚が声を発していることに違和感はないらしい。

「ディダさん、まだ漁は終わりじゃありませんよ！　魚を仕留めないと！」

「うう、ぐすっ、そうだべな、ありがとうベルさん！」

ベルに促されて、ディダは岸辺に置いていた棍棒を手にする。

網の中でびちびちと跳ねまわり、奇妙な声をあげる魚を睨《にら》みつける。

棍棒を振り下ろす。

「てやっ！　ていっ！　せやっ！」

「ぼあー……」

「ぐぎょあっ！」

「あふ」

棍棒を打ち付けられた魚たちは、悲鳴？をあげて事《こと》切れた。

仕留めたディダは、ふうっと一息吐いて額の汗を拭《ぬぐ》う。

「やっただ！　やっただよコウタさん！　カークさん！」

振り返ったディダは、コウタに握手を求めた。

満面の笑みでカークの羽を撫《な》でつける。

巨人族《ギガント》の里を出て迷っていたディダを導いたカークと、この地に迎え入れて漁の許可をくれたコウタ。

　一人と一羽に感謝して、成果を誇っているようだ。

「う、うん、よかったねディダ。おめでとう」

「カアッ！」

　祝福の言葉とは裏腹に、コウタの笑顔は引きつっていた。

　あっさり立ち直ったカークは、ばさばさ羽を鳴らして嬉しそうだ。

　精霊樹のほとりの湖で、初めての漁は成功した。

　うまくいけば、コウタたちは定期的に魚を食べられるようになるだろう。

　魚が鳴くことを、気にしなければ。


「へえ、器用に包丁を使うんだね」

「小せえ魚を捌《さば》くのに小せえ包丁を使ってただ。これぐらいならなんとか」

「いやあ、ディダが処理までできて助かったぜ！　オレだって知識はあるんだけどなあ」

「カァー」

「知るのと見るのは違うものだ。ふむ、ここに空気を通すことで発声していたのか」

「お魚が獲《と》れるなら、街まで【運搬】したら売れそうですね！」

「どうだろう。ここは湖だし、たくさん獲ったら減っていっちゃうんじゃないかな」

　ディダの漁を見物したあと、コウタたちは広場に集まっていた。

　ディダが、初めて漁で得た魚を捌いているのだ。

四人と一羽はディダの調理に興味津々である。

逸脱賢者のアビーも、古代文明の生き残り魔導士・クルトも、実際に魚の解体を見るのは初めてだったらしい。

「あっ。そういえば、味付けはどうしよう。ベルが買ってきてくれた岩塩はあるけど……」

「まあ、塩焼きしかねえんじゃねえか？　火は焚《た》けるし、なんなら魔法で焼いてやるぞ？」

「調味料を買いに行ってきましょうか？」

「えっ？　いくらベルの足が速くても、さすがに腐っちゃうんじゃないかなあ」

「ベルの足より魚の足の方が早いってな！」

「魚に、足、ですか？」

話している間にも、ディダの手は止まらない。

いまは、二匹目の下処理に取り掛かっているところだ。

内臓を抜く。

ウロコを取る。

エラやヒレを外す。

キレイな水でしっかり洗う。

順番はともかく、工程はコウタが元いた世界と変わらない。

刃のように鋭いヒレや、やけにギザギザで数の多い歯や、大きささえ気にしなければ。

あと、一匹の口先にあるツノを気にしなければ。

「心配いらねえだ、コウタさん。おら、漁の前に香草を集めておいただ。これで臭みを取るんだべ」

「へえ、そういうのがあるんだね。ありがとうディダ」

「そ、そんな、おらの方こそありがとうごぜえますで」

「ううん、ディダがいなければ魚は食べられなかったか、美味しくは食べられなかっただろうから」

「そ、そうだか？　うぇへへへへ」

「ほら、そのでけえ背を丸めてないで胸を張れ胸を！　ありがとな、ディダ！……それにしてもでけえな」

魚が、ではない。

いや、一メートルほどもあるのだ、魚がでかいことも間違いないのだが。

アビーの視線は、ディダの胸部に向けられていた。

女性だから女性を見ていても問題ない。

ＴＳを悪用した遠慮のない視線である。タチが悪い。

「さーて、最後はこいつだべ！　海で獲れたのしか見たことねえけど、たしかこいつはやわいから吊《つ》るして……うん？」

「思ったよりしっかりしてるね。これならこのまま捌けるんじゃない？」

「アンコウっぽいのがいて、似てるけどコイツはナマズっぽいからちょっと違うってことかねえ」

「ほう？　吊るさねば刃を通しづらい水棲モンスターがいるのだな？　柔軟性で刃を立てぬようにするのであろうか」

「海のモンスターも気になりますね！　道がわかって、売ってくれる人がいれば荷運び人《ポーター》として【運搬】するんですけど……」

ためらいながらも、ディダが解体を進める。

コウタたちはわいわいと話すばかりだ。

カークだけはおとなしくしている。喋《しゃべ》れないので。

「なあコータ。オレたちは通れなかったけどよ、【悪路走破】があるベルなら西の山脈を越えられるんじゃねえか？　ディダだって通れたんだし、不可能ってほどじゃないような」

「あっ、たしかに。それに、ディダがいれば」

「交易ぐらいはできるかもな！　ディダが『一人前になるまで帰りたくねえ』ってんなら、紹介状でも書いてもらえばいいんだし！」

「おー！　待って、アビー。ベルが走破できるなら、ロープをかけてもらったり足場を作ってもらえば」

「オレたちも抜けられるかもしれねえな！」

「異世界の海、巨人族《ギガント》の里……ちょっと、見てみたいかも。人が多い場所はまだ不安だけど、ディダの里なら人数は少なそうだし……」

「けど、『小さい人』って見下されるかもしんねえぞ？　ま、そんときゃコータかオレが模擬戦して蹴散らせばいいか！」

「ええ……？　アビー、考えが豪快すぎない？」

「ふむ。ならばアレが使えるかもしれぬ」

「クルト？」

「当時、我が街から研究所へ移動するのに使った魔導車が残っている。まだ動くかどうかはわからぬが」

「魔導車？」

「マジかよおっさん！　古代文明の遺物じゃねえか！　それも超高値で取引されるとびっきりの！」

目を輝かせて、アビーがクルトに詰め寄る。

二〇〇〇年間ダンジョンに引きこもっていたクルトは、自らの移動手段の存在を忘れていたらしい。

筋金入りの引きこもりである。コウタ以上に。

盛り上がるコウタたちを横目に、ディダは魚の調理を続けていた。

アビーが作ったかまどの横、調理台にナマズもどきの切り身と、ベルが街で買ってきた野菜を置く。

コウタが組んだ石積みの焼き台に、串を通した魚をセットする。

串と魚のサイズから、串刺し刑っぽい。魚は光を失った目でクルトを見つめている。アンデッド化はしない。

「準備できただ！　アビーさん、魔法をお願いしてもいいだか？」

「あっおう、ぜんぶやらせてすまん、ディダ」

「初めての漁の獲物だ、おらが自分でやりたかったんだ」

「ありがとう、ディダ」

「うっし、んじゃ行くぞ！」

アビーがひと声かけて火魔法を使う。

すぐに、薪《まき》に明るい炎が宿った。

クルトが言うところの「陽」の性質を宿した炎である。

アンデッドであるクルトはかまどと焼き台からじゃっかん距離を取った。

炎が気になるのか、カークは近づいてコウタに止められた。焼き鳥、もとい、焼き烏《カラス》になるつもりだったのか。

「魚かあ、ひさしぶりだなあ。あっ。ねえアビー、魚って毒があるのもいるような」

「大丈夫だコータ、さっき『鑑定魔法』かけといたかんな！」

「おー、すごいですねアビーさん！」

「我はまだ研究中ではあるが、我の『鑑定魔法』モドキでも害はないと結果が出た。心配であれば我から口にしよう」

「いや、アビーとクルトを信じるよ。いくらクルトがアンデッドだからって言っても、ねえ」

「カァ？」

「内臓はどうだろ。寄生虫の心配もあるし……カーク、我慢できる？」

「カァ、カアー！」

「ははっ、うんうん、ちゃんと焼いた魚をあげるからね」

ぱちぱちと薪がはぜて、香ばしい匂いが漂ってくる。

ディダとアビーとベルは目を輝かせて焼ける魚を見つめ、コウタとカークはいちゃついていた。

男とオスだが。

「内臓って栄養になるんだっけ？　なら精霊樹の根元に」

「あー、どうだろ。肥料にはなるけど、やり方もわかんねえしやめといた方がいいんじゃねえかなあ」

コウタとアビーが見上げると、精霊樹の枝がザザザッと揺れた。

いつもより激しい。

コウタ、感謝の捧《ささ》げ物はあっさり断られたようだ。

「よし、できただ！」

調理することしばし。

ディダが拳を掲げて完成を宣言する。

「おおー、ごちそうだね！」

「カァッ！」

「オレも、魚を食べるのはひさしぶりだ」

「それを言うならば我の方こそ。二〇〇〇年ぶりであろうか」

「こっちの方では干物しかありませんでしたからね！　新鮮なお魚は僕もひさしぶりです！」

コウタとカークを筆頭に、アビーもクルトも、ベルも興奮している。

木製のテーブルの上には、木の大皿に載せられた魚料理の数々が並んでいた。

ちなみに木を加工してテーブルやイス、木皿を作ったのもディダである。

三メートル超の身長でかがみこんで、ベルが街から買ってきた人族サイズの小さな道具を使って、ちまちま作ったものだ。

一人前になるために巨人族《ギガント》の里を出た少女は、すっかりコウタたちの生活に溶け込んでいるようだ。貢献しまくりである。

「えへへ……美味しいかどうかはわからねえけど……食べてみてほしいだ」

「ありがとう、ディダ。じゃあ……いただきます！」

「カアーッ！」

コウタとアビーの「いただきます」が重なる。あとカークの鳴き声も。

ベルは手を合わせて、クルトはディダに会釈して。

五人と一羽は、料理に手を伸ばした。

「うわ……シンプルな料理なのに、美味しい……」

「くうっ！　やっぱ魚は塩焼きだよな！　うめえぞディダ、いいお嫁さんになるんじゃねえか？」

「こっちのスープもすごいです！　コウタさんが言ってたナマズ？ですか？　ふわふわで、スープもぐっと美味しくなってます！」

「うむ。このような料理であれば、たまに食すのも悪くない」

「ははっ、食事が必要ないクルトにそう言わせるなんて、すごいねディダ」

「こりゃアレかもな、淡水の魚なのに泥臭くないのは湖がキレイなおかげかもな」

「けどアビー、水がキレイすぎても魚は棲《す》みにくいって聞いたことが」

「コータ、ここは植物が魔力で蔓《つる》を伸ばして、魔力で一気に成長する世界だぞ？」

「そっか、エサはプランクトンとか水苔《みずごけ》とか小さな魚とは限らないんだ」

「そういうこった！」

生態が異なっても、水揚げされた時に声をあげても、コウタは抵抗がないようだ。

芋が変異して襲ってくる世界なのだ、それも当然なのかもしれない。

獲れた魚のうち、オーソドックスな魚の形をしたものは丸ごと塩焼きに、切り身をハーブ焼きに。

ナマズっぽいものは、身を切り分けてスープに入れたらしい。

四人の箸とフォークとスプーンと、一羽のクチバシが止まらない。

大皿から、みるみるうちに料理が減っていく。

なお、カークだけは別皿に取り分けられていた。カークはキレイ好きだが、カラスなのでいちおう。

「あれ？　どうしたのディダ？」

「おっと、今日の主役を差し置いて悪《わり》いな。ほら、ディダも食え食え」

約半年ぶりの魚料理に喜ぶコウタやアビーたちを横目に、ディダはフォークを持ったまま固まっていた。

話しかけられると、目からダーっと滝のような涙がこぼれ落ちる。

「えっ？　えっえっ」

「お、おいどうした？」

「おら、おらが漁をして、おらが獲った魚を、みんなが美味しいって言ってくれて、おら、おらは」

「カァー」

泣き出したディダにカークが寄り添う。

箸が進まないのではなく、夢にまで見た光景に感動していたらしい。

「気持ちはわからないけどわかる気がする。けど……ほら、ディダ、食べてごらん？」

「うう……コウタさん……うめえ、うめえだ……」

顔をぐしゅぐしゅにしながら、ディダが魚料理を口にする。

パクついてはまた涙をこぼす。

「ほらほら、泣くのはあとにしろって。せっかくの美味しい料理が台無しになっちまうぞ？」

「うう……ぐすっ、ちょっとしょっぱいだ……」

ハンカチを取り出したアビーが、ディダの涙を拭う。

が、巨人族《ギガント》のサイズのせいか、それともディダの涙の量のせいか、追いつかない。

「おら、決めただ。大きくなりてえし、漁がしてえし、一人前になりてえ」

「うん、がんばってねディダ。俺たちにできることは協力するから」

「けど！　おらは、それよりも！　みんなの役に立ちてえだ！　大きくなることなんて二の次三の次でいいだ！」

「カアッ！」

「おおー。でもディダ、そんな気負わなくていいよ。木工も漁も、充分役に立ってるから」

「おう、そうだぞディダ。オレなんて建築が終わったらいまんとこ役立たずだかんな。……マジで、次にやること探さねえと」

「けども、コウタさん」

「んー、そうだなあ。落ち着いたら、養殖に挑戦してみるのはどう？　小さな湖だから毎日漁をしたら獲りつくしちゃいそうだけど、育てられるならその心配はないわけで」

「いいかもしんねえな！　養殖場づくりはオレも魔法で手伝えそうだし。まあ養殖の魚を獲るのが

『漁』かって聞かれたら違う気がすっけど！」

「養殖……ふむ、魚の牧場のようなものか。清浄な水と豊富な魔力に恵まれたこの地であれば、あるいは成功するやもしれぬ」

「あとはアレだね、岸辺だけじゃ限られてるから、船でも作って沖合で漁ができるようにするとか」

「おいおいコータ、造船はハードル高いんじゃねえか？　いくらディダが【木工】スキル持ちだからって」

「ほら、これだけ大きな木があるんだし、くり抜いてカヌーならできるんじゃない？」

「カ、カア？」

「天才かよコータ！　くっ、なんで思いつかなかったオレ！」

「『かぬー』、だか？」

「海辺で暮らして投網漁やるのにそこは通じねえんだな！　巨人族《ギガント》の暮らしが気になる！」

「無理はなかろう。底の見えぬ広大な海に、木っ端で漕《こ》ぎ出《い》でるのは無謀ゆえな」

「そんでクルトには通じるんだな!?　古代文明と現代の断絶どうなってるんですかねえ！」

「カヌー、ありましたよ？　川を下るのに使う人もいました！」

「あっうん。文明が断絶してるんじゃなくて巨人族《ギガント》が暮らす、大陸の西海岸が人族から離れすぎてるだけかもしれねえ。そうだよな、シンプルなつくりなんだしそりゃあるよな」

「あ、カヌーだけど帆をつけてもいいかもしれないね。アビーやクルトが一緒に乗れば、風魔法で便利なんじゃない？」

「コータが異世界に馴染《なじ》みすぎてる件。むしろオレの方が凡人かもしれねえなあ。仕方ねえか、『常識知らずの逸脱賢者』だしな。ははっ」

いいアイデアを思いついた！とばかりにコウタが目を輝かせる。

遠い目をして、アビーが乾いた笑い声をあげる。

「ふむ。研究所に魔導船はなかったはずだが……移動の便《べん》を図《はか》るため、設計図は入手していたようだな」

「ああああ！　オレの次の仕事決まったわ！　クルトの！　研究所を！　調査させてください！　研究の邪魔はしないんで！」

すぐに、アビーは立ち直ってクルトに詰め寄った。

コウタは「やることができてよかった」とでも言いたげに微笑んでいる。呑気《のんき》か。

ディダはいまだにぐすぐす嬉し涙をこぼしながら魚料理を食べている。

ベルはわかっているのかいないのか、ニコニコとアビーとクルトの様子を眺めていた。

ともあれ、魚料理は全員が気に入り、人里離れた僻地《へきち》の食事情はわずかばかり改善されたようだ。

【4】

「うん？　次はあっち、ってことかな？」

コウタとカークがこの世界で目覚めてから約半年。

巨人族《ギガント》の少女・ディダを迎えても、コウタたちの生活スタイルはあまり変化がなかった。

コウタは変わらず、日があるうちは伐採や開墾、畑仕事をしている。

いまも、畑の畝《うね》の間を歩いて水をやっているところだ。

芋が変異した、植物の蔓に絡みつかれながら。

「カ、カァー」

カラス麦の畑の脇にいたカークが、蔓の指示に従って水をまくコウタに呆《あき》れ声で鳴く。

いくら【健康ＬＶ．ｅｘ】があるとはいえ、絡みつく蔓は変異したモンスター・イビルプラントだ。

コウタは気にしてない、どころか、モンスターの求めに応じて畑をうろつき、水や魔力を振りまいている。

「んー、拘束されるわけでもないし、アビーが言うには俺の魔力は多いらしくて影響はないからね、まあいいかなあって」

植物は魔力を得て成長して、コウタは収穫を得る。

共存状態である。

あっさり受け入れたコウタをカークが心配するのも、呆れるのも当然だろう。

コウタは、イビルであっても畑や人に害をなさないなら気にならないらしい。

さすが、絶望の鹿《ホープレス・ディア》を見逃した男である。

「今日はこんなところかな」

今日もよく働いた、とばかりに満足げに頷くコウタ。呑気か。

コウタに絡みついてうねうねと方向を指示していた蔓は、しゅるしゅると離れていく。

すっかり調教されている。

どっちがどっちを、かは不明だ。

「カアッ！」

「はは、そうだね、一緒に行こうか」

カラス麦の害虫対策を終えたのか、カークが羽ばたいてコウタの肩に止まった。

一声かけてコウタが歩き出す。

向かうのは歩いて五分ほど離れた、精霊樹と小さな湖のほとり。

コウタたちの生活拠点である。

「ディダ、調子はどう？」

「コウタさん！　この蔓は網の補修にぴったりだし丈夫な縄になるし、いい素材だべ！」

「おー、それはよかった」

「なあクルト、いまの魔法陣はどんな意味なんだ？　刻み方によって発動する魔法が違うのか？」

「うむ。これは単に棍棒を『硬化』するものだ。効力は低いが、あまり高めると消費魔力が増える。ディダでは発動できなくなろう」

「へえ、なるほど。んじゃオレやコータなら」

「その場合は――」

湖のほとりの広場では、巨人族《ギガント》の少女・ディダが絶黒の森の木材を手になにやら木工作業に励んでいた。

自身のメイン武器である棍棒を作っているらしい。

ちなみに、いまだに精霊樹から授かった木材は加工できていない。

『逸脱賢者』アビーの実家のツテがあっても、総ミスリルのナイフはすぐには用意できないようだ。

「刻印にこの蔓を這《は》わせて、蔓から魔力を消費させるってのはどうだ？」

「ふむ、興味深い発想だ。コウタ殿と共存関係を築けるほど知性があるのであれば、あるいはそれも可能やもしれぬ。む？　であれば素体を補強する素材として――」

「面白いかもな！　神経か靭帯《じんたい》がわりにはなるかもしれねえぞ？」

「アビーとクルトはなんか盛り上がってるみたいだね」

「んだな！　おらにはよくわかんねえけど……」

「うん、俺にもよくわからないけど……」

コウタとディダは揃って首をかしげる。

畑で変異した植物系モンスター・イビルプラントは、さまざまな使い道があるようだ。

ちなみに、素材にしているのは畑から間引いた個体だ。

繁殖しすぎるのもNGらしい。

コウタに指示した個体は「全体を活《い》かす」という発想がある程度には賢いのだろう。あるいは植物の本能か。

「そういえば、ベルが帰ってくるのはそろそろかな」

「もうすぐだべな。どうだかなあ、おらが獲ったお魚、売れるだか……」

「きっと売れるよ、あれだけ美味しかったんだし！」

普段は四人と一羽が暮らして一体が遊びに来る拠点だが、いまここにベルはいない。

荷運び人《ポーター》は、【運搬】スキルを活かして街まで往復しに行っていた。

目的は、ディダが湖で獲った魚の販売だ。

生ではなく干すことで日持ちをよくして、馴染みの商人に売れるかどうか確かめる予定となっていた。

ベルはしょっちゅう拠点を離れているが、荷運び人《ポーター》としては望む生活らしい。

魚が街で販売できれば、コウタたちにとっては新たな資金源になることだろう。

小さな湖である以上、それほど頻繁に漁をするわけにはいかないが、いまのところ漁業資源が枯渇した気配はない。

「そうだ、ディダ。今日ちょうどよさそうな木を見つけたんだ！」

「なんだべか……」

「ほら、カヌーを作ってみようって話してたでしょ？　森で太い木を見つけて、伐《き》っておいたんだ！」

「おおっ！　あっさり伐れるなんて、コウタさんはすげえだなあ」

「いやあ、それはこの剣と、アビーとクルトが柄《つか》に刻んでくれた魔法陣のおかげでね」

そう言って、コウタが自慢げに剣をかざす。

絶望の鹿《ホープレス・ディア》が差し出したツノは、クルトが剣状に加工した。

持ち手までむき出しだった剣身には、ディダが整えた木材に、アビーとクルトが手を加えて柄がつけられた。

コウタ自慢の鹿ツノ剣は、すっかり見た目も「剣」となっている。

いまだに鞘《さや》はないが、怪我をしない【健康】なコウタには影響がない。

「それでコウタさん、その、伐り出した木はどこだか？」

「あ、うん、俺じゃ運べなくて……ベルが帰ってきたら【運搬】してもらおうかなあって」

「わかっただ！　くふふ、楽しみだべなあ」

「カアッ！」

にまにま笑うディダに同意するかのように、カークが地面をぴょんぴょん跳ねた。

「本当に、ありがとうコウタさん、カークさん。おら、ここに来られて、ほんとによかっただ……」

「こっちこそ助かってるよ。ありがとうディダ」

「そ、そうだか？　助かってるだか？　うぇへへへ」

涙ぐんだディダは、コウタの言葉に照れ笑いした。忙しい。

だが、ディダが役立っているのは事実だ。

スキル【木工】を持つディダのおかげで、武器や防具、日常に使う小物、それにコウタやアビーの家、共同シャワー場や貯蔵庫はひと通り整えられた。

「ちょっとずつだけど……『健康で穏やかな暮らし』に近づいてきた気がする」

あらためて広場と、そこに集う三人と一羽と一体を見て、ここにいない一人を思って、コウタはぽつりとつぶやく。

瘴気渦巻く絶黒の森の中心近く、精霊樹と小さな湖のほとりは、ずいぶんと「人が暮らす場所」に見えるようになった。

「巨人族《ギガント》の里で一番小さな巨人族《ギガント》の少女」が定住したおかげで。

コウタの異世界生活は順調なようだ。

半年も経つのに、いまだ人里に行ったことさえないが。

引きこもり気質は【健康】でも変わらない。

【5】

ディダを迎えた生活が軌道に乗って、コウタはいま、拠点から離れて絶黒の森を探索していた。

「こっちの方は瘴気が濃い気がする」

「カァー」

「クルトがいたダンジョン近辺ほどじゃねえけどな。ディダは大丈夫か？」

「おら、なんともねえだ！」

「ふむ、巨人族《ギガント》の身体強化は瘴気を寄せ付けぬのか。あるいはコウタ殿より低くとも【健康】の効果か」

黒いモヤがかかった森を歩くのはコウタだけではない。

カークにアビー、ディダ、クルトもいる。

カラスに巨人族《ギガント》にアンデッドを引き連れての探索である。百鬼夜行か。

大岩がなければ見た目はまともな荷運び人《ポーター》の少年・ベルはいない。

街で干し魚が売れることがわかって、さっそく【運搬】しているのだ。

忙《せわ》しないが、ベルいわく「じっとしてると落ち着かない」らしい。

「アビー、クルト。この辺の土はどうだろ？」

「んんー、オレも実物は見たことねえからなあ。試してみるしかねえんじゃねえか？」

「それしかあるまい。我も、魔法頼りの力技しか知らぬゆえな」

「了解、じゃあ掘り返すね。ディダ、悪いけど」

「ベルさんがいないべな、おらに任しておくだ！」

「おー、人手があるとやっぱ違《ちげ》えな！　これならすぐ『レンガ』や『陶器』に向いた土が見つかるんじゃねえか？」

「そうだといいけどね」

ディダの【木工】とアビーの魔法で、それなりに丈夫な家はできた。

漁をはじめて、畑では芋を収穫して、食料も安定してきた。

コウタたちは、さらなる発展のため「土」を探しにきたようだ。

死の谷《デスバレー》に続く東、ダンジョン付近の南、ディダが山脈越えをした西に続いて、今日は拠点から北側の探索であった。

コウタが鹿ツノ剣をざくざくと地面に突っ込む。

刀身こそ黒いものの、形状は直剣できちんと柄もある。

コウタ愛用の剣は、絶望の鹿《ホープレス・ディア》からもらった時よりはるかに使いやすくなっていた。

コウタが柔らかくした土をがばっとすくって木箱に入れるのはディダの役目だ。

ベルが街に向かったいま、運搬はディダが担当していた。

三メートル超の身長と身体能力を活かして、運搬量はコウタやアビー以上である。ベル以下だが。

「レンガも陶器も、土魔法でサクッと作れりゃいいんだけどなー」

「陰陽が混じるうえに比率が一定ではない。加工はともかく、土の創造は難しいのだ。アビー殿やコウタ殿が言うところの感覚《センス》が問われる分野と言えよう」

「だから土を探した方がいいと。なるほどねえ」

「はあ、センス。俺は無理そうだなあ」

「カアッ！」

「はは、ありがとうカーク」

「カァ！　カアカァッ！」

「あれ？　励ましてくれたんじゃないのかな？　周りになにか」

黒い木肌の枝に溶け込んで、カークがしきりに鳴き声をあげる。

ディダを迎えても、周囲の警戒と斥候はカークの担当だ。

コウタがあたりをきょろきょろして、ディダがお手製の木盾を構えて警戒する。

が、アビーとクルトは自然体だ。

モヤがかった黒い木立の向こうから現れたのは、片ツノの黒い鹿だった。

体色は黒いと言えるだろうが、黒はさらに深みをなくした。K70ぐらいか。

「な、なんだべこの威圧感！　下がるだコウタさん、みなさん！　おらが防いでる間に」

「ああ、いつもの。大丈夫だよディダ」

「なに言ってるだコウタさん!?　いまにも突進してきそうだべ!?」

ぺこっと会釈するコウタをよそに、鹿は頭を下げて前足で地面をかく。

ディダが言うように突進の構えに見える。

「カァ。カアッ！」

「あ、そっか。ディダは初めてだね」

「もうこれ通過儀礼なのかなあ。クルトもこんな感じに敵視されてたっけ」

「見知らぬ相手を警戒するのはモンスターの本能ゆえな」

「ああ、だからクルトもオレたちを警戒してたと？」

「くはは っ、たしかに、アンデッドと化した我も『モンスター』であろう」

「み、みんななんで余裕なんだか!?　そ、そうだ、きっと、おらを信頼して……こうなれば！　おら、死んでも後ろに通さねえだ！」

木盾を構えて、ディダが二人と一体の前に出る。

ディダをなだめるように、カークが盾のフチに止まってカァカァ鳴いている。ディダには通じない。賢くともカークはカラスなので。

「ディダ、この鹿は悪いモンスターじゃないんだ。ほら、鹿も。ディダは新しい仲間だから」

意気込むディダの横に並んで、コウタがぽんっと二の腕を叩《たた》く。肩には届かなかったらしい。

黒い鹿はすっと力を抜いた。

「そうそう、襲わないようにしてくれると嬉しいなあって」

「え？　え？　あの、コウタさん？　アビーさん、おらどうしたら」

「心配すんなって。オレも信じられなかったけどよ、コータの言うことが合ってんだ。あの鹿は襲ってこねえよ。ほかの絶望の鹿《ホープレス・ディア》は違《ちげ》えだろうけど」

「は、はあ。不思議なこともあるもんだべ」

ディダがようやく納得したようだ。

わずかな間で、コウタたちの常識はずれに慣れてきたらしい。

「あれ？　この鹿、また色が薄くなった？　もう黒っていうよりグレイに近いような」

「変異しかけてんのかもな。前に会った時はデカくなってたのに、元の大きさに戻ってるし」

「絶望の鹿《ホープレス・ディア》の変異とは興味深い。それも『神の宿り木』の実を得てとは。さて、どうなることか」

「絶望の先には何があるのかねえ」

談笑をはじめるコウタたちを前に、鹿は立ち去ろうと踵《きびす》を返す。踵《かかと》っぽいのは踵ではなく踵は踵っぽくない位置にあるが踵は返せる。

ちらちらと振り返りつつ、絶黒の森の北側に消えていこうとして。

「あ、忘れるところだった」

コウタが、腰につけた布袋から手に取った果実をほいっと投げた。

変異した絶望の鹿《ホープレス・ディア》が口で器用にキャッチする。

ぺこりと頭を下げて、今度こそ森に消えていった。

「名前、かあ。禍々《まがまが》しい黒が抜けてきたから、希望の鹿《ホープネス・ディア》でどうだろ？　言えばわかってくれるしね！」

「言えばわかったか？　最初に力の差を見せたからじゃねえか？」

「ふははっ、『絶望から希望へ』の変異とは！　くふふっ、希望の鹿《ホープネス・ディア》。うむ、よいのではないか？」

「うまいこと言ってる感はあるけどよぉ。ほんとにいいのかねそれで」

「カァー」

いい案思いついた！　とばかりに喜ぶコウタとクルト。

アビーとカークは呆れ気味だ。

そして、ただ一人。

「お、おら、すごい人たちと暮らしてるんだべな……」

ディダは、カルチャーショックを受けていた。文字通りの。

巨人族《ギガント》だらけの里は、大きさ以外は常識的ではあったので。

「鹿は北の奥の方から来たみたいだけど……北側には何があるんだろうなあ」

コウタは人里よりも、拠点のある盆地の未踏の地が気になるらしい。

絶黒の森から出る日はやっぱりまたちょっと遠くなったのかもしれない。

心身の【健康】を得たとしても、街に出たいかどうかはまた別の話である。

第四章 コウタ、絶黒の森の北側を探索する

【1】

コウタとカークがこの世界で目覚めてから八ヶ月。

いまでは、精霊樹と小さな湖のほとりで生活するのは四人と一羽だ。

もっとも、ベルは街との往復のため不在がちで、ときどきクルト――古代魔法文明の生き残りアンデッド――が遊びにくるのだが。

このところ、コウタたちの生活はわずかに変わっている。

コウタが夜明けとともに起き出すのは変わらない。

簡単な朝食を摂って、畑の様子を見に行くのも日課だ。

変化したのは午後。

「よろしくお願いします！」

「うむ。今日は剣と盾の使い手を召喚するとしよう」

「おー、オーソドックスなヤツか。いいんじゃねえか？」

開拓した広場で、コウタがクルトと向かい合う。

手にはいつもの鹿ツノ剣が握られている。

クルトは詠唱をはじめ、すぐにアンデッドが姿を現した。

全身甲冑《かっちゅう》に身を包み、禍々《まがまが》しい剣と大盾を手にしたモンスター。

かつてクルトがダンジョンでも召喚したモンスター・スケルトンナイトである。

「ず、ずいぶん強そうなアンデッドだべな……」

「カアッ！」

「みなさん、がんばってください！」

「いきます！　やあー！」

「カァー。カアッ、カア！」

「気合い入ってんな、コータ！　ずいぶんサマになってきたんじゃねえか？」

「おらも負けてらんねえだ。みんなを守れるようにならねえと」

「うし、オレもあとで訓練させてもらうとすっか！」

「アビーさんも剣を使うだか？」

「オレは『逸脱賢者』だかんな、魔法でやらしてもらうよ」

「でも、あのアンデッドは盾を持ってるだよ？　それに、すげえ鎧《よろい》を着てるだ」

「ははっ、大丈夫だってディダ。オレは『逸脱賢者』だぞ？　あれぐらい余裕で斬り裂ける」

「は、はあ。人間はすごいだな……」

アビーはこの世界で生まれ育ったが、コウタは目覚めたらここにいた。

当然ながら剣の心得などない。もちろん弓も体術も古武術も使えない。

コウタは普通の社畜だったのだ。元、だが。

攻撃されても通じないほど【健康】ではあるが、戦う技術はない。

ディダとの模擬戦でそのことを痛感したのだろう。

技術を身につけるべく、コウタはクルトに頼んで戦闘訓練を日課にした。

「はあ、はあ………」

「コウタ殿、これまでとしよう」

「ありがとうございました。今日も倒せなかった……」

「いくら鹿ツノ剣の斬れ味がよくても、あんだけ防御を固められるとなあ」

「どうすればもっとよくなるかな。いまは訓練だからいいけど、ここを守るには倒さなきゃいけない時もあるはずで」

「我は、剣は専門外であるが……コウタ殿は、攻め気が足りないように思われる」

「攻め気？」

「クルト、そりゃ直んねえんじゃねえか？　ガンガン攻めてくコータって想像できねえぞ？」

「カァー」

「あっうん、いい意味でな。コータのその緩さにみんな救われてんだから」

「攻め気かあ、難しいなあ」

「コウタ殿、アンデッドは死したモンスターなのだ。殺す気でかかってよいし、殺して構わないのだぞ？」

「殺す気で……」

「そうそう、コータは【健康ＬＶ．ｅｘ】なんだからよ、怖がらねえで突っ込んじゃっていいんじゃねえか？」

「うむ。絶望の鹿《ホープレス・ディア》の突進でも、殺戮熊《ジェノサイド・グリズリー》の爪撃でも、アビー殿の魔法でも、ディダ殿の質量攻撃でも無傷だったと聞く。有象無象の攻撃など効かぬであろう」

「なるほど……」

「ってことで、コータは防御を考えねえでいいんだ、もっと攻撃偏重で攻めたらどうだ？」

「攻撃されたらついつい防ごうとしちゃうけど……たしかに、気にせず当てにいけば」

「コウタ殿の、瘴気《しょうき》を具現化した剣はたいていのものを斬り裂けるであろう。戦い方を検討してみるといいのではないか？」

「そっか……クルトもアビーも、ありがとう！」

　コウタが頭を下げる。

　日課となった戦闘訓練は、クルトがさまざまなタイプのアンデッドを召喚して行われる。

　時に守備重視のスケルトン、時に非実体のゴースト系、魔法を使う者や弓といった遠距離攻撃のアンデッド、集団戦を想定して複数のアンデッドと戦う日もある。

　戦う力を身につけたいというコウタの気持ちは本物のようだ。

　それだけこの暮らしを守りたいのだろう。

「俺はこんな感じだけど、みんなと戦ったらどうなるんだろうね」

「『この中で最強は誰か』って話か？」

「うん。もちろん実際にはやらない、真剣勝負だと仮定して」

「総当たり戦はやったことねえけど、考えるまでもねえ。最強はコータだろ」

「えっ、俺？　スケルトンナイトに勝てないのに？」

「オレとクルトはコータを倒せねえ。そのうち魔力切れでアウトだ」

「そうであろうな。我もコウタ殿に勝利する道すじが見えぬ」

「カァー」

「コータの次はクルトか？　けどその辺は相性もある」

「うむ。アンデッドの我が身としては【陽《ひ》魔法】を得意とするカーク殿は苦手である。それに……」

「あー、ベルは【解体】があるから」

「はい！　生きてなければ【解体】できます！　僕は荷運び人《ポーター》ですから！」

「荷運び人《ポーター》の概念おかしいだろ。ただまあ、クルトに勝てるベルはたぶんオレにもカークにも、デイダにも勝てねえ」

「僕は戦えませんから！」

「お、おらがんばるだ。みんなに勝てなくても、せめて負けねえように。守れるように」

「ってことで、コータ以外は相性次第。あとは、コータが戦い方を覚えりゃ無双もできるってことだ！」

「無双……俺が……？」

「おう！　こんな世界だ、強くなるのが無駄なわけねえ。気長に鍛えていこうぜ！」

「うん。ありがとう、アビー」

「カアッ！」

「はは、カークも。一緒に鍛えていこうね」

コウタの肩の上でカークが翼を広げてひと鳴きする。

いまはコウタでも、いつか最強の座につく！　とばかりに。勇ましい男である。鳥だけど。

「じゃあ今日の戦闘訓練はここまでにして……少し話す時間は取れるかな？　森の北側をどうするか、相談したいんだ」

訓練の終わりを告げて、コウタが切り出す。

絶黒の森の北側。

一度は探索に出たものの、コウタたちはほどほどで引き返した。

拠点の安全を確保するうえで、近くに未踏破エリアがあることが気がかりなのだろう。


「こうして見ると、増えたなあ」

「カァー！」

「コータ、カーク。そんでオレが来て、ベルを見つけて、クルト、ディダ。五人と一羽か」

「まだ村っていうには少ないけどね」

五人は切り株や木の幹を伐《き》り出してイスにしていた。

カークはコウタの肩の上だ。

クルトは骨の姿ではなく、痩せこけた壮年の男の姿で座っている。

街との往復で不在にすることが多いベルもいる。

「それでコータ、話ってなんだ？」

「うん。いますぐのことじゃないけど……森の北側を、探索したいんだ。できればみんなで」

みんなを集めたのはコウタだ。

コウタはおずおずと話を切り出して、住人たちの顔をチラ見する。その肩で五人を見回す。

だが、コウタの不安をよそに、四人は「なんだそんなことか」とでも言いたそうな顔だった。

「なんだそんなことか」

「え？　アビー？」

「いいんじゃねえか？　ちなみに、コータはなんで探索したいって思ったか聞いていいか？」

「俺たちは『健康で穏やかな暮らし』を目指して村をつくってるわけで。でもそれは、『安全』じゃないと難しいと思うんだ。この世界じゃ難しいかもしれないけど」

「カアッ！」

「いいと思うぞ。前回は日帰りだったからな、今回はリベンジだ！」

「うん、アビーは一緒に行ってほしい。みんなの作業を止めちゃって申し訳ないけど……」

コウタが畑仕事や開拓を日課にしているように、ほかの四人も日々仕事に励んでいる。

アビーは、魔法による建築が担当だ。

スキル【木工】を持つディダとともに、家を建て、簡単なシャワー室、トイレなど、共同設備も建て増ししてきた。

素人大工にしては手慣れてきて、それなりの建物をつくれるようになっている。

アビー本人の家は完成して、いまはコウタの犬小屋を改築中だ。

ベルは大岩、ディダは大木に布を張ったテントで生活している。

二人は家を建てずこのままの生活を続けたいのだという。

それぞれ落ち着く空間に違いがあるのだろう。

「今度は僕も行きますよ、コウタさん！」

「ベル？　けど、ベルは『戦えない』わけで」

「はい！　でも僕は荷運び人《ポーター》です！　みなさんが倒したモンスターを【解体】して【運搬】しますね！」

「……ありがとう。ベルが来てくれれば、探索の期間を伸ばせるよ」

アビーに続いて、ベルも探索に乗り気だ。

モンスターの出る危険な場所への探索行。

荷運び人《ポーター》の真価が問われる役割にワクワクしている。

「おらも行くだ。あんまり役に立たねえかもしれねえけども」

「いいの？　湖に魚の養殖場をつくるんだーって張り切ってたけど」

「養殖場をつくるにはまだまだ時間がかかるだ。みんなが危ねえ場所に行くなら、おらが守る！」

【健康】な俺はともかく、アビーやベルに盾役がいてくれるとありがたいよ」

「ありがたい……へへ、おらが役に立って……えへへへへ」

「よろしくお願いします、ディダさん」

「頼んだぞディダ！　心配すんな、オレも『魔力障壁』を張ってサポートすっから！」

照れ笑いするディダの肩をぽんと叩《たた》くアビー。ベルはぺこっと頭を下げる。

巨人族《ギガント》の中では小さいといっても、ディダの身長は三メートル超だ。

巨大な盾を構えれば、迫力のある壁役となることだろう。

ディダはいま、アビーの手伝いのほかに、二、三日おきに湖で漁をしている。

空き時間には木材を加工して日用品を作ったり、湖に魚の養殖場を設置するべく、木の杭《くい》や網を準備していたりする。

一番やることが多いのはディダかもしれない。

「ふむ。では我はこの地を守るとしよう」

「クルト？　いいの？　クルトの家はダンジョンで」

「この地が荒らされれば我も不快に思う。貴重な精霊樹も守らねばならぬしな」

「……ありがとう。『留守にする』ってこと、いままであんまり気にしてなかったなあ」

「瘴気あふれる絶黒の森は人間を阻んで、精霊樹の清浄な魔力はモンスターを阻む。けどまあ、たしかに誰もいないのは危ねえか」

「うむ。今後は我が配下のアンデッドで守るべく調整するにしても、今回は間に合うまい」

「ありがとう、クルト」

森の北側を探索するため、コウタたちが長期間離れる。

そう聞いて、クルトは残ることに決めたようだ。

そもそもクルトはこの地ではなくダンジョンで暮らしているのだが。

メンバーは決まった。

クルト以外の、精霊樹のふもとで暮らす住人全員である。

「そんでどうすんだコータ、さっそく明日にでも行くのか？」

「ううん、この前は日帰りだったけど……今回はちゃんと準備して泊まりで行こうと思うんだ」

「まあ一度は奥まで確かめてみたいよな」

「そういうこと。だから、アビーとベルは、長期の探索に必要な物を教えてほしい」

「カァ……カア、カア？」

コウタがちゃんとしてる、だと？とでも言いたげにカークが鳴く。ツッコミはない。カラス語は誰もわからない。

「あとはアビーと、できればクルトもかな、戦い方の相談をしたいんだ。たとえばたくさんモンスターがいる場合はどうするか、とか」

「カッ、カア!?」

ウソだろコウタどうした!?とばかりにカークがつぶらな瞳をコウタに向ける。失礼なカラスである。

「おっしゃ、任しとけコータ！『逸脱賢者』の腕、じゃねえな、頭が鳴るぜ！」

「ええ……？　頭って鳴るの……？」

「ふむ。集団戦も門外漢であるが……我と模擬戦を行った騎士団や戦士たちがどのような戦法を取っていたか、思い出して伝えるとしよう」

「よろしくお願いします、クルト」

コウタはぺこっと頭を下げた。

東は死の谷《デスバレー》に続き、南はクルトがいたダンジョン。

西は険しい山脈につながり、越えれば海や巨人族《ギガント》の里がある。

コウタは、残る北エリアの本格的な探索をはじめるようだ。

物も戦い方も心構えもきちんと準備して、長期間の探索を。

【2】

コウタが本格的に瘴気渦巻く絶黒の森の北側を探索すると決めてから一週間。

四人と一羽が暮らして、ときどきアンデッドの一体が遊びに来る広場で、コウタたちは訓練に励んでいた。

「うおおおお！」

「そうだコータ！　攻撃されることにビビるな！」

「コウタ殿の動きが見違えるようではないか」

「たぶん、ここんとこの訓練で、ようやくスキル【健康】で怪我《けが》しないって実感できたんだろ」

「もし初めからこうだったら我は……」

「ははっ、ここにはいなかったかもな！」

「コウタさんは進歩してるだな。おらも負けてられねえ！」

「カアッ！」

広場で戦うコウタを見て、アビーが檄《げき》を飛ばす。

クルトは遠い目を見せて、ディダは決意を新たにした。あとカークも。

「コータ、そこで横なぎだ！　フォームなんて気にすんな、手振りで斬れんだからよ！」

刀身の黒い鹿ツノ剣をコウタが横なぎにふるうと、ガシャガシャと骨が崩れていく。

今回クルトはスケルトンを一〇体召喚した。集団戦に向けた訓練である。

ちなみに、精霊樹の清浄な魔力に満ちたこの場所では、アンデッドは弱体化している。実戦であっても訓練に危険はない。まして、コウタは怪我も病気もない【健康】を授かっているので。

スケルトンが持つ錆《さ》びた剣を気にすることなくコウタが攻撃を続ける。

コウタの体に剣が、骨の手が当たってもコウタにダメージはない。

やがて、コウタの前に動くスケルトンはいなくなった。

「どうかな、アビー？　クルト？」

「オレは充分だと思うぞ！」

「我もだ。コウタ殿に必要なのは自信であろう。なに、怪我しないのだ。危ういと思った時点で引き返せばよいであろう」

「よし！　これで探索に行ける！」

「カアーッ！」

「ほんと見違えたぜ。こりゃオレも気合い入れてかねえと。負けてらんねえな！」

「ベルさんが帰ってきたら出発だべな。おらも準備しとくだ！」

「では我は守護役を用意しておこう。この付近は清浄だが……周辺を囲うように配置すれば侵入は防げるであろう」

「ありがとう、みんな。クルトもありがとう」

「なに、素材に協力者と、我が研究にも大事な地であるゆえな」

笑顔で感謝するコウタに、クルトは照れを隠すように頬《ほお》をかいた。

骨の体ではなく痩せこけた人間の見た目なので頬はある。霊体の表面らしいが。

「それにしても、危ないかもしれない場所に行くってのに、コータがこんなに喜ぶなんてなあ」

「はは、たしかに、いままでの俺なら怖がってるだけかも」

「カア？」

「わかる、わかるぞカーク。異世界に来て成長したってことかねえ」

「どうかなあ。けどやっぱり、『健康で穏やかな暮らし』には安全が大事だと思うから」

「カァッ！」

その通り、とばかりにカークが鳴く。巣の安全性を大事にするのは動物ゆえの習性か。

ともあれ、コウタが自ら拠点を離れて本格的に森の北側を探索しようとしているのだ。

元の世界ではブラック労働からのニートで、この世界にやってきてからもほぼ拠点にいたコウタからすれば成長である。

なおコウタは、異世界生活八ヶ月が過ぎても最寄りの街にさえ行っていない。

「みなさーん！　ただいまです！」

と、街まで往復してきた荷運び人《ポーター》のベルが帰ってきた。

実戦経験のあるアビーとクルトから戦闘面のＧＯは出た。

留守はクルトが守ると宣言しており、ベルが帰ってきたことで長期探索に必要な荷物も、人員も揃《そろ》った。

「おかえり、ベル」

「おー、ちょうどいいところに。んじゃこれで出発できんな！」

「落ち着いてアビー。いますぐ出発するわけじゃないから。今日は荷物を確かめて、出発は明日かなあ」

「ふむ。では今夜のうちに防衛の手はずを整えるとしよう」

「コウタさんもアビーさんもベルさんも、おらが守るだ！」

「カア。カァー」

夕食とともに最終確認を行って。

明日、コウタたちは絶黒の森の北側に向けて旅立つ。

四人と一羽が平和に暮らす拠点を脅かすモノがいないかどうか。

コウタが求める、『健康で穏やかな暮らし』のために、大事な探索行である。

【3】

森の北側への探索に出発する当日の早朝。

コウタはいま、自ら森を伐り拓《ひら》いて耕した畑にいた。

朝の日課、農作業だ。

「ん？　ああ、帰ってきたら収穫するよ。うん、ありがとう」

「カァー」

コウタの独り言にカークが呆《あき》れたように鳴く。

いや、コウタは独り言を言っていたわけではない。

コウタの腰に巻きついた植物がうねうね動いている。

返事に納得したのか、植物はしゅるしゅると腰紐《こしひも》に戻った。

この畑から生まれたイビルプラントのここ最近の定位置である。

コウタはイビルプラントに魔力を与え――吸い取られ？――かわりに、イビルプラントは植物の生育状況や世話の仕方を教える。

あとモンスターの存在を教えることもある。

コウタ、カークに続いて、変わった相棒？ペット？との共生である。

人や動物、モンスター。コウタは変わり種から好かれるタチなのか。

カークが呆れたように鳴くのも当然だろう。

「よし、今日はこの辺にして戻ろうか」

「カア」

コウタは朝の畑仕事をそこそこで切り上げた。

さっと荷物をまとめて、湖から引かれた水路沿いを歩くことおよそ五分。

最初に見えてきたのは、別経路の水路の横にある木陰のシャワースペースだ。

はじめは一つだったシャワースペースは、いまでは二つになっている。

心が男のアビーや、小さな里育ちのディダも「気にしない」と言ったのだが、コウタが気にしたのだ。

結果、時間で分けるのではなく男女別のシャワースペースとなった。

まあタイル状の床は共通で、周囲と間に目隠しのための板を立て、頭上の桶《おけ》から水を流せるようにしただけのものなのだが。

お湯を希望する場合はアビーかクルトかカークに頼めば魔法で温めてくれる。

なお、現在はアビーがクルトに魔法を教わって、湯船を備えた「お風呂」を検討中である。

「あ、ディダも作業を終わりにしたところかな？」

「んだ！　今日は出発だべな！」

小さな湖のほとりにはディダがいた。

コウタに遅れること少々、ディダも本日の作業を終わりにしたようだ。

この小さな拠点でディダがやっている仕事は多い。

スキル【木工】で木材を加工する。

巨人族《ギガント》の大きな手で、人間用の小さな道具を器用に扱って日用品を作っている。

コウタたちが使っている木皿も木のカップもディダの作だ。

ディダ自身の木盾に棍棒《こんぼう》、家づくりに必要な柱や板、簡単な家具などもディダが作ったものだ。

鉄製品や魔法が必要なもの以外はすべてディダの手が入っていると言っていいかもしれない。

ディダの仕事は【木工】だけではない。

本人が一番望んでいた漁は、数日に一度のペースで欠かさず行っている。

獲《と》りすぎると魚がいなくなるかもしれないとコウタとアビーが止めなければ、毎日でも漁をしていたことだろう。

投網漁で、けっこうな重労働なのに、嬉々《きき》として。

木工、漁。

くわえてディダは、コウタとアビーのアドバイス——またはそそのかし——で、二つの大仕事をはじめていた。

いま、湖畔には枝を落として先を尖《とが》らせた杭が並んでいる。

さらに、かたわらには未加工の丸太が積まれていた。

まずディダが作ろうとしているのは桟橋だ。

もちろんそこがゴールではない。

桟橋、さらに杭を打ち込んで魚の養殖場。

そして、大木をくり抜いたカヌー。

水辺で投網をするもよし、カヌーで沖に出て漁をするもよし、養殖場で手軽に捕まえるもよし。

ディダは、もっと漁を楽しもうと夢見ていた。

里では「一番小さいから」と漁をさせてもらえなかった反動だろうか。あるいは、好きに生きるコウタやアビーやベルやクルトに流されたか。

ともあれ、ディダ本人は忙しくも幸せそうであった。

「おかえりコータ、ディダ。探索の準備はバッチリだぞ！」

「え？　アビー、荷物多くない？　これ全部持っていくの？」

「平気ですよコウタさん！　今回は荷運び人《ポーター》の僕も同行しますから！」

「あ、うん、よろしくベル」

「ベルはあいかわらずでなー。信じられっかコータ、これ背負ったまま走れるんだぞ？　さすがに目を疑ったぜ」

「『スキル』とは誠に不思議なものよ。ふむ。もしや理想の女性を創造するのにスキルが必要な可能性も……」
精霊樹と、小さな湖のほとりにある広場。
そこには、アビーにベル、クルトが集まっていた。
クルト以外は、絶黒の森の中央にあるこの拠点で暮らす人々だ。
湖の一番近くにあるテントはディダの住まいだ。
テントといっても、木材で柱を立てて補強してあり、野営用の簡素なものではない。
コウタやアビーから住居の建設を持ちかけられるも、ディダは断っていた。
ひとまず、季節がひと巡りするまではこの暮らしを続けるつもりらしい。
雨季や冬、湖の状況を確認してから、家の場所を決めたいようだ。
広場と湖の間には、五メートルを超える大岩が鎮座している。
天然モノ、ではない。
荷運び人《ポーター》のベルの「運搬用の入れ物」にして住まいである。
スキル【運搬】を持つベルは一〇〇トンを超える大岩を軽々《かるがる》運び、なんなら走れる。
知ってはいても、目にしたアビーは驚いていた。あとクルトも。
「みんながよければ、そろそろ出ようか」
「カアッ！」
コウタがぐるりと広場を見渡すと、精霊樹がさわりと揺れた。
コウタとカークの住まいはちょっとずつ変化している。
この世界にやってきた時は、根元のウロに入り込んでそのまま住まいとしていた。

アビーが来てからは人生初のＤＩＹで、いまにも崩れそうな犬小屋っぽい何かを建てた。

スキル【木工】を持つディダが暮らすようになると、コウタとカークの小屋は大きくて立派な犬小屋に建て直された。

場所は精霊樹の根元のまま。

寝床はいまでもウロの中だ。コウタとカークは、狭い空間の方が落ち着くタチらしい。

「うっし！　いやあ、コータが自分から未踏の地の探索に出かけるようになるとはね！　人間、変われば変わるもんだぜ！」

「そこはほら、『健康で穏やかな暮らし』には『安全』が大事だからね」

「僕は準備おっけーです！　荷物の【運搬】も、倒したモンスターの【解体】も任せてください！」

「うん、頼りにしてるよベル」

「おら、みんなを守るだ。おらの実力じゃ足りなくても、せいいっぱい」

「ありがとう、ディダ。気負わなくていいよ、やれることをやっていこう」

「現在、コウタ殿たちと精霊樹は我が研究の要《かなめ》である。死力を尽くして、何者からも守ってみせよう」

「よろしくね、クルト」

コウタが出立の前にみんなと言葉をかわす。

初めてコウタとカークがこの地で目覚めた時は、一人と一羽だった。

まだ集落と呼ぶにも微妙な規模だが、人は集まり、生活も安定してきた。

この暮らしを発展させて、安全を高めるために。

「よし。じゃあ、出発だ！」

コウタたち一行は絶黒の森の北側に向かう。

四人と一羽で、戦う覚悟を決めて。

ちなみに。

逸脱賢者のアビーはダンジョン踏破者で、拠点の防衛を担当するクルトは失伝した魔法を使いこなす古代魔法文明の魔導士だ。

攻守ともに戦力過剰である。

みんなを守るというディダの決意はムダかもしれない。

まあ、悲壮な決意がムダになるのはいいことだろう。たぶん。

【4】

コウタはいま、絶黒の森の北側を進んでいた。

この世界で作られた生成りの服、草でできた紐をベルトがわりにしている。

右手には漆黒の剣を、肩からは荷物が詰まったズタ袋をさげていた。

中古のマントは最近ベルに買ってきてもらったものだ。

よそいきの格好である。マントと、荷物ぐらいしか違いはないが、それでも遠出のための格好である。

「油断すんなよ、コータ。もうすぐ前回引き返した地点だ。こっから先が、冒険者が帰ってこねえ

『絶黒の森』の本領発揮だろうよ」

「一回目は鹿に会って、モンスターの気配を感じて終わりにしたもんね」

「うまく隠れてたってことは虫系か植物系か。もともと絶黒の森にはモンスターがもっといるはずなんだ。この程度なら腕のいい冒険者を揃えればなんとかなるレベルだからな」

「あれ？　瘴気が濃いとキツいんじゃないの？」

「一般人や駆け出しには無理だろうけどよ、オレみたいに魔法で『身体活性』できるか、耐性がありゃ問題ない。コウタやディダほどじゃなくてもな」

北側の探索に向かったのはコウタだけではない。

コウタに警戒を促すアビーもいる。

男モノのズボンに革のブーツ、「あわせ」がヒラヒラしたシャツに、フード付きのローブ。

地面から肩ほどまである長い杖《つえ》を手に、サラサラの金髪はシンプルな革紐でまとめられている。

「おら、コウタさんとカークさんとアビーさんを守るだ！　おらの命にかえても！」

「ありがとうディダ。でも大丈夫だよ、俺は【健康】だから」

「ディダの気持ちは嬉《うれ》しいけどな。死んじまったらどうにもならねえんだ、『いのちだいじに』な」

コウタとアビーを守るように、カークに続いて前を歩くのはディダだ。

本人は「里で一番小さい」ことを気にしているが、それでも身長は三メートル以上ある。

海獣の皮を加工して作られた、コウタやアビーの荷物まで入った巨大なリュックを背負っている。

右手には黒い棍棒を、左手には同じ色の木の盾を手にしていた。

どちらも、絶黒の森の瘴気に染まった木材をディダが加工したものだ。

盾にはアビーとクルトが考えた魔法陣が刻まれている。

自分を迎え入れ、認めてくれたコウタやカーク、アビーを守るのだと鼻息も荒い。

ちなみに、模擬戦ではいまだ二人と一羽に勝てていない。

カークとアビーには実力で、コウタは「怪我をしない」という反則《チート》じみた【健康】スキルを持っているので。

「カァー？」

「ん？　ああ、死んだらクルトがいるのか。いやそれでアンデッドにしてもらうのもなあ」

「そうだね、ちょっと怖いかな。ディダ、モンスターが出たら俺が前に出るからね。俺は【健康】だから」

「コ、コウタさん……だども、おら」

「コータもディダも落ち着けって。パーティでの戦い方は訓練したろ？」

「そっか、そうだね、うん」

「はい！　こういう時は短い時間でも休憩を入れましょう！」

「そうしようか。ありがとう、ベル」

戦う気満々の三人と一羽のほかに、荷運び人《ポーター》としてベルもついてきている。

いつも通り、五メートル超の大岩を背負って。

ベルの提案通り軽い休憩を取って、一行は――特にコウタは――心を落ち着けた。

過度な緊張も意気込みすぎもなく、探索を再開している。

「最初はこの辺で鹿に会って引き返したんだっけ」

「カア！」

コウタの独り言に、三本足のカラス・カークが反応する。

同意したのではなく、警戒を促したのだろう。一人と一羽の間で言葉は通じない。スキル【言語理解】のおかげか、たがいに意思疎通はできているようだが。

「そうだな、って、ああ……」

カークがクチバシで示した先は、森にぽっかりと開いた広場のようになっていた。

その中央。

「うへえ……」

そこに、虫がいた。

およそ一メートルほどのカマキリやら甲虫《かぶとむし》やらアリやらハチがいた。大量に。デカいのが。

巨人族《ギガント》のように「デカいと強い」とは限らないが、「デカいとキモい」は確かだろう。

カークのテンションが高いのは食いでがありそうだとでも思っているのか。しょせん鳥である。

このサイズ感ではやめてほしい。

「魔法で殺《や》れるオレはともかく……イケるか、コータ？　ディダは？」

「えっと、気持ち悪いけど、まあなんとか……」

「虫なら里にいた頃も殺ってただ！」

「おー、助かるよディダ」

「あれは殺戮蟷螂《キラーマンティス》に強殻甲虫《ハードビートル》、兵隊蟻《ソルジャーアント》、殺人蜂《キラービー》ですね！　僕が育った村の近くでも見かけました！」

「は、はは、すごいとこに住んでたんだね、ベル」

「さて、どうするコータ。初戦にしては数も多いし、ここは撤退するか？」

「どうしようかなあ」

「カァ？　ガアッ！」

「あっ、ちょっ、カーク！」

一〇体以上の虫系モンスターを前に悩む日本育ちの二人を遮ったのは、カークだった。

同じ日本育ちでもさすが鳥類。

羽を広げてコウタの肩からカークが飛び立つ。

「あっ」

「どうするコータ？」

「……このままいこう。カークには悪いけど……」

「まあ、陣形を試すいい機会じゃねえか？」

「うん……じゃ、じゃあ、フォーメーションCで！」

「ほらほら照れんなリーダー！」

「わかっただ、コウタさん！　みんなはおらが守るだ！」

「よろしくお願いします、ディダさん！」

コウタの指示に従って三人が動きだす。

ベルは背負っていた大岩を置いて、ささっと岩の中に隠れた。

砕かれるか、まるごと焼かれるか空気穴から攻撃されない限り、ベルは安全だろう。

自称「戦えない」荷運び人《ポーター》を守るにはいい手かもしれない。

逸脱賢者のアビーは大岩の前で、さらにその前には巨人族《ギガント》のディダが大盾を手に陣取っている。

ディダの横にコウタが並ぶ。

コウタは鹿のツノを変形させた黒い剣を構えた。

『フォーメーションC』は、コウタとディダを壁役に、アビーとベルを守る防衛中心の陣形であった。

だが。

「…………え？　カーク、また強くなってない？」

「魔法の使い方を考えたんじゃねえか？　やべえなアレ……」

「すげえ！　すげえだカークさん！」

「わ、ハチの読みづらい動きについてってた」

「違《ちげ》えぞコータ、あれはついてってたんじゃねえ、面制圧したんだ。魔法でな」

「高速で空中を飛ぶ小さな魔法使いかあ……俺も負けないようにがんばろう」

構える人間たちをよそに、カークの無双がはじまった。

飛び立ったカークの三本目の足が光ると、カークの体が炎に包まれる。

そのまま高速で飛行する。

強殻甲虫《ハードビートル》や兵隊蟻《ソルジャーアント》にはそのままの勢いで火の矢を落とす。

地を這《は》うモンスターをあっさり燃やして、挙動が読みづらい殺人蜂《キラービー》には炎の壁をまるごとぶつける。

あっという間に虫系モンスターの群れが焼けていく。

「けどこれ、森が燃えちゃうんじゃ」

「心配すんなコータ。見てみろ」

「え？　あれ？　燃えてるのはモンスターだけで、木も草も燃えてない？」

「クルトから、『魔力には陰陽がある』って習ったろ？　んでカークの【陽《ひ》魔法】は陽《よう》で、この絶黒の森の瘴気は陰だ。狙って燃やそうとしなきゃ、中和されるだけでそうそう燃えねえよ」

「はあ……じゃあアレ、止めようがないような」

「だな。空中戦の定跡でいうと上を抑えりゃ有利になるって聞いたことあるんだけど……」

「いま、リーダーっぽい蜂とその群れの包囲を、下から突き破ったね」

「これもうカーク一人で片付くんじゃねえかなあ」

せっかく陣形を組んだのに、とアビーは遠い目をしていた。

コウタは相棒の活躍に目を輝かせている。

蹂躙《じゅうりん》を終えたカークは、森の中の開けた地をぐるっとひとまわりする。

動くモンスターがいないことを確認して、ゆうゆうとコウタたちのもとへ飛んでくる。

「カアーッ！」

ベルが置いた大岩の頂《いただき》に降り立って、羽を広げて勝利の声を響かせた。

胸がふくらんでどこか誇らしげだ。

「すごかったよカーク！」

「カ、カア？」

「これもう、この先ぜんぶカークだけで片付くかもな」

「けどアビーさん、これだといい素材は取れないと思います！」

「カ、カア？」

「ベルもカークも、そこは気にしなくていいよ。そりゃお金になれば嬉しいけど、安全第一でいこう」

「『いのちだいじに』ってヤツだな！」

「おらなにもできなかっただ……」

「気にすんな、ディダ。オレもコータも何もしてねえ。勝ちゃいいんだよ、勝ちゃ！」

「カ、カアー」

褒められて照れ、素材を無駄にしたかと焦り、サムズアップするアビーに呆れる。

そこに、モンスターを蹂躙した強者の傲《おご》りはない。強者というか強カラスなのだがそれはそれとして。

「それにアビー。せっかく練習したんだから、ほかのフォーメーションも試してみよう」

「カァー」

「たしかに。瘴気の濃い北に行けば行くほど強いモンスターが出てくるだろうし」

「カアッ！」

人ではなくカラスのカークの強さを見ても、コウタたちは変わらない。

この世界では「モンスター」に分類されるにもかかわらず。

きっとコウタの信頼のなせるわざだろう。何も考えていないわけではない。たぶん。

「今日はもうちょっと進んで、野営できそうな場所を探そうか」

「賛成だ！　その前にちっとは戦いたいところだけどな！」

「カァ！」

ベルの【解体】と素材の回収をそこそこに、コウタたちは探索を続ける。

目指すは絶黒の森を囲む山の、北側のふもとだ。

拠点の安全を確保するための探索行、その初戦は圧勝に終わるのだった。一羽のカラスによって。

【5】

コウタたち一行は、絶黒の森の北側で野営の準備をしていた。

「コ、コウタさん、大丈夫だか？」

「うん、こっちは心配しないで。みんなはそのまま作業を続けて」

「危なくなったら声かけんだぞコータ！」

「がんばってください、コウタさん！」

「ありがとう、ベル。そっちはよろしくね」

「そりゃ陣形としては決めてたけどよ、まさかコータが自分から言い出すなんてなあ」

「ふぉーめーしょん『むそー』ですね！」

「はは、ベル、ちょっと発音が違うかな。フォーメーション『無双』だよ。……自分で言うのは恥ずかしいけど」

「カァッ！」

「じゃあ行ってくるね、カーク」

そう言い残して、コウタは野営予定地から離れていった。

カークが虫系モンスターを蹂躙してから数時間。

その後、北に進んでいく間もモンスターの出現は続き、日は傾いてきた。

森の中に開けた場所を見つけてコウタとアビーが「ここをキャンプ地とする！」と宣言し、一行は野営の準備をはじめた。

はじめたが、そこでカークが気づいたのだ。

周辺の木立や、下草に植物系モンスターがいると。

獲物が近寄ってくるまで普通の植物に擬態しているため気づきにくいが、前方の野原や奥の森は植物系モンスターの巣になっていると。

モンスターを討伐してから休むか、とアビーが提案したところで、コウタは「一人で片付けてくる」と一行に伝えた。

夕暮れが迫る野原を、黒い剣を手にしたコウタが駆けていく。

心配そうに見つめていたディダは、無理やりに視線を切って野営の準備をはじめる。

一人突出するコウタを見つめるのは相棒のカークとアビーだ。

ちなみにベルはマイペースに野営の準備を進めている。戦闘は専門外の荷運び人《ポーター》なので。

コウタを見ようとしないディダとベルが薄情なのではなく、いざとなればカークがフォローしてくれるだろうという信頼の表れである。

なにより、コウタへの。

フォーメーション『無双』。

それは、神様から授かった《チート》スキル【健康】と斬れ味鋭い鹿ツノ剣を頼りに、コウタが一人で敵陣に突っ込む陣形である。陣形か？

「たあああああ！」

気の抜けた掛け声で、コウタが黒い剣を振りかざして走っていく。

森の中の開けた場所――野原の中央――に差しかかると、擬態していた植物系モンスターがいっせいに牙を剥《む》いた。

「わっ！」

「気にすんなコータ！　特訓したろ！　コータはどんな攻撃だって傷つかねえんだ、囲まれたらとにかく大きく！　剣を振れ！」

食人植物《マンイーター》がのっそりと蔓《つる》をもたげる。

下草はイビルプラントで、瘴気のなか花を咲かせているのは幻惑花《ラフレシア》だ。

先に見える木立は、トレントに生きている蔦《リビングアイビー》が絡みついている。

穏やかに見える景色は、天然の植物系モンスターハウスだったらしい。

「……これ、野営場所変えた方がいいんじゃねえか？」

「大丈夫ですよアビーさん！　群れがいるってことは、ほかのモンスターは近づかないってことですから！」

「そ、そうかもしれねえだども。小さい人間はすごいこと考えるだなあ」

ベルの大岩にロープをかけて、野営用のタープを準備していた三人は呑気《のんき》なものだ。
だが責められることではない。
なにしろ――
「カア！　カア、カアッ！」
「陣形決めといてなんだけどよ、チートすぎるだろコータの【健康】……」
――フォーメーション『無双』の名前通り、コウタは一人で無双していた。
幻惑花《ラフレシア》の幻惑は効かず、根元から刈り込む。
イビルプラントと食人植物《マンイーター》、生きている蔦《リビングアイビー》の蔓や蔦《つた》に拘束されることもなく剪定《せんてい》する。
開けた空間にいた植物系モンスターをあっさり蹴散らして木立にたどり着く。
トレントが打ち付ける枝も、串刺しにしようと足元から飛び出す根も気にしない。
傷ひとつ受けることなく伐採する。
無双ではあるが、まるで開拓だ。
この八ヶ月間、コウタが拠点近くで励んできた通りの。
コウタが小一時間も剣を振るうと、植物系モンスターはあっさり壊滅した。
ダメージはない。
コウタは息さえ乱れていない。
なにしろ【健康】なので。
「これでぜんぶかな？」
コウタの問いかけに、カークがぐるりとまわりを飛んで、コウタの肩に止まった。

「カァッ！」

どうやら「まわりに敵はいなくなった」と言いたいらしい。

コウタ、無双達成である。

ちなみに「無双」という言葉の意味はベルやディダ、クルトも理解できたものの、カークが蹂躙するフォーメーションCの「C」は通じなかった。

まあ、作戦名が意味の違う単語や理解できない語句で名付けられるなどよくあることだ。

首こそかしげられたものの、カークのCはCのまま陣形《フォーメーション》の名前に採用されていた。

「離れて見ててどうだった、アビー？　直すところはいっぱいあると思うけど……」

「ぜんぶ倒して無事なんだ、問題ねえって」

「そ、そういうものかな」

「おう！　胸張れコータ！　これだけの群れ相手に一人で『無双』できるヤツは騎士だって冒険者だってそうそういないからな！」

「カァッ！」

「…………ありがとう、アビー。カークも」

「『もっと強くなりたい』んなら、剣を教えてくれる人を探すしかないだろうしなあ。……クルトに喚《よ》んでもらえねえかな」

植物系モンスターの討伐――あるいは開墾――を終えて、コウタは仲間のもとに戻ってきた。

さっそくアビーに反省点を確認する。

無双したのに自信はないらしい。自己評価が低い。

アビーに肩を叩かれて、カークの「よくやった！」とばかりの称賛に、ようやくコウタが笑顔を見せる。

「すごかっただ、コウタさん！　こう、ばっさばっさモンスターを斬って、憧れるだ！　おらああいうのはできねえから」

「まるで勇者さまみたいでした！　倒したモンスターは僕が【解体】しておきますね！」

「ありがとうベル。…………勇者みたい？　俺が……？」

ベルはさっそく植物系モンスターの残骸に向かった。

荷運び人《ポーター》は荷を運ぶだけでなく、モンスターの解体や素材採集の手伝いもするものらしい。ベルの中では。あるいは、ベルが育った荷運び人《ポーター》の村では。

「さっき言ったろ？　モンスターを倒して生き残ってりゃ勝ちで、胸張って自慢すればいいんだよ！　細かいことはあとで考えるってことで！」

「そうだね、うん」

納得したコウタに、アビーも笑顔を見せる。

アビーは小声で「あとでベルに話聞いとくか」などとつぶやいているがコウタには聞こえていない。

初めて「無双」を成し遂げても、コウタの自信のなさは改善されないようだ。少しずつしか。


とっぷりと日が暮れて。

コウタはいま、絶黒の森の北側で野営していた。

先ほどコウタが植物系モンスターを駆逐して安全を確保した場所で。

「拠点よりも夜が静かだね」

「たしかにな。ほら、あっちは水音がするからじゃねえか？」

「あー、なるほど。海ほどじゃなくても波があるから」

「それと比べたらこの辺は静かだな……不気味なぐらいに」

「カァー」

「はは、カークが鳴くとよけい不気味になっちゃうんじゃないかなあ」

いくらモンスターを駆逐したといっても、この世界の夜の森が安全なわけではない。

四人と一羽は、交代で見張りをたてていた。

いまはコウタとアビーの番だ。あと自ら志願？したカーク。

ベルは運んできた大岩の中ですやすや眠り、ディダは大岩に張ったタープの下で横になっている。

体が大きい巨人《ギガント》族のため、だいぶはみ出している。

コウタとアビーは、同じ木の正反対に背をつけている。

木を挟んで背中を向け合っている状態だ。

火は焚《た》いていない。

ここは安全なキャンプ場ではなく、外敵のいる場所での野営なのだ。

目を暗闇に慣らしておかなければ、敵の接近が見えないだろう。達人を除いて。

「なあコータ、聞いてもいいか？」

「うん？　なんだろ」

「前も聞いたかもしれねえけどよ……なんで、こっちを探索する気になったんだ？」

「カァ」

「それに、さっきの。いくら『倒せそうだから』っても、コータが自分から『一人で戦う』って言い出すなんてな。どんな心境の変化だ？」

「あー、うん。その話ね」

コウタは、この世界に来て心身の【健康】を手に入れた。

だが、積極的になったわけではない。

なにしろ、八ヶ月経《た》ってもいまだに人里に出ていないほどなのだ。

ベルが通う辺境の街、ディダの故郷の巨人族《ギガント》の里、すでに所在はわかっているのに。

「俺は、いまの暮らしが充実してるんだ。もちろん不便なこともあるけど……」

「わかる。そりゃオレも、帝都で暮らしてた頃の方が便利だったけどよ、こっちの方が気楽で自然で気に入ってる」

「うん。だから、この暮らしを基本にしたいと思ってるんだ。いつか街に行くことはあると思うけど……」

「なるほどねえ。『健康で穏やかな暮らし』のベースはあの拠点だと。いいと思うぞ」

「ありがとう。けど、だからこそあの場所が安全じゃないとダメなんだ。俺は【健康】だから暮らしていけるかもしれない。でもいまはもう、俺だけじゃないんだ」

「カアカア、カアッ！」

「はは、そうだね、最初からカークもいたんだった」

「それで、『絶黒の森』に危険なモンスターがいねえか確かめたいってことか」

「うん。俺たちで守れるってなったら……いつカークが、また人を導いてきても困らないし」

「カァー」

「オレやクルトみてえに、強いヤツばっかりとは限らねえもんな。ディダ、ベルだって、さっきのモンスターの群れに囲まれたら無事でいられるかわからねえ」

「いざってなったらクルトのダンジョンに逃げ込めばいいだろうけど……そうなると、穏やかな暮らしはできないだろうなあって」

「たしかに！　毎日アンデッドだらけで陽も当たらねえってなったら気が滅入《めい》りそうだな！」

「俺は【健康】で、戦う力を神様にもらった。もらいものの力だしさ、うまく使って、『健康で穏やかな暮らし』を求めてる人と一緒に暮らしていけたらなあって」

「いいんじゃねえか？　もともとオレたちはあそこに『村をつくろう』って話してたしな！」

「カアッ！」

「ありがとうアビー。カークも」

コウタは、あぐらの中で丸くなっているカークをそっと撫《な》でる。

思いを認められた嬉しさからか、顔がほころんでいる。

コウタは積極的になったわけではない。

人里に行くこともなく、ガンガン活動するわけでも、剣と魔法のファンタジー世界で大冒険を繰り広げているわけでもない。

モンスターがはびこる世界でも、健康で穏やかで、平和な暮らしを送りたい。

コウタの希望は変わらない。

ただきっと、その希望にひとつ項目が付け加わったのだろう。

できれば、同じ希望を持った人を受け入れられるように。

心と体の性別の違いに悩んだアビーのような人を。

活躍できる場所を探すベルやディダのような人を。

人里では受け入れられないクルトのような人を。

積極的になったわけではない。

だが、精霊樹と小さな湖の拠点でリーダー扱いされるうちに、少し成長したのかもしれない。

本人に自覚はないようだが。

「コータにカーク、オレ、ベル、ディダ。ときどきクルト。なんだかんだ、もう五人と一羽だもんな。『集落』って呼んでもいいんじゃねえか？」

「そうかもね。………そろそろ、名前をつけた方がいいかな？」

「おー、賛成だ！」

「じゃあこの探索で、東西南北ぜんぶの確認が終わって、安全だってわかったら……」

「おう、集落……村の名前を決めるか！　コータも案を考えとけよ、初代村長！」

「うんわかっ……村長!?」

「カアッ！　カアカァー！」

「そりゃどう考えてもコータが村長だろ。まだ『村』って名乗らねえなら……集落長？　里長《さとおさ》？　族長？」

「族長はちょっと違うんじゃないかな」

「ディダもクルトもいるからな、言うなら『はぐれ者一族』的な？」

「い、いやあ、それはどうかと」

「場所も考えたら『隠れ里』っぽいしな、村じゃなくて『里』でもいいかも！　『コータの隠れ里』みたいな」

「アビー、それ俺が隠れるための里みたいじゃない？　間違ってはないけど」

「そういう意味じゃなくってだな。隠れ里の由来は、初代里長の名前からです！　みたいなさ」

「はあ……ま、まあ、いろいろ考えてみるよ」

「おう！　気負うな気負うな、帰ったらみんなで考えよーぜ！」

「カアッ！」

木をまわりこんで、アビーがコウタの肩をぽんぽん叩く。

足元のカークが首をもたげて威勢よく鳴く。

話しているうちに声が大きくなっていたが、見張りの二人と一羽のほかに目覚めた者はいない。

はじめてコウタが「無双」した夜は、静かに過ぎていった。


【6】


コウタたちが暮らす絶黒の森はおよそ二〇キロメートル四方ほどの盆地だ。

切れ目はあれど、東西南北ぐるりと山に囲まれている。

その北側の山すそに、コウタたちの姿があった。

「敵が多いなあ。みんな、フォーメーション『要塞《フォートレス》』で！」

「カアッ！」

「おー、まさかいちおう決めておいた陣形《フォーメーション》が役に立つなんてなあ」

「みなさん、無理しないでくださいね！　危ない時は逃げることも大切です！」

「その時はおらが殿《しんがり》を務めるだ！」

「カァッ、カァカアーッ！」

精霊樹から離れた森の木々は黒く、このあたりは下草さえ黒みがかっている。

逸脱賢者のアビーいわく、「それだけ瘴気が濃いってこと」らしい。

瘴気が濃いと、動植物が変異してモンスター化することも多くなる。

結果、コウタたちの目の前にはモンスターが群れていた。

運んできた大岩を置いて、ベルが中に退避する。

大岩の前には【健康】で傷つかないコウタと、身長三メートル超の巨人族《ギガント》・ディダが陣取る。

二人の間からアビーが魔法でモンスターを狙う。

カークは大岩の頂上から睥睨していた。対空担当らしい。

フォーメーション『要塞《フォートレス》』は、二人の盾役と大岩を中心に守り、魔法攻撃ができる二人が攻撃を担当する陣形のようだ。

コウタとディダが引きつけたモンスターを、アビーが空間斬《ディメンションカット》でなぎ払う。

空を飛ぶ殺人蜂《キラービー》は、空は俺のものだとばかりにカークが潰《つぶ》しに行く。

殺戮蟷螂《キラーマンティス》のようなディダには厳しいモンスターが来ると、コウタが入れ替わって相手する。

迫る虫系モンスターも擬態した植物系モンスターも、三人と一羽はあっさり倒していく。

攻守バランスのとれた陣形でモンスターを相手取る。

「ねえアビー、瘴気が濃いからってこんなにモンスターがいるもの？」

「モンスターハウス状態だもんな！　実はフィールドダンジョン化してんのか？　けど、北の山は見えてるしな。景色が変わってねえんじゃ、せいぜい『ダンジョンなりかけ』ぐらいか？」

「へえ、そんな判断基準があるんだ。まあ見るからにおかしいもんね。こんなにモンスターがいて、動物は少なくて、どうやって食料を調達してるんだろう」

「おたがい食べあってるんじゃないでしょうか？」

「え？　そっか、虫は共食いするから……」

「それもあるかもしれないけどよ、モンスターは瘴気が濃けりゃ何も食わねえでも生きていけるんだ。それが獣との違いだな」

「へ、へえ……どうなってんだ異世界……」

大量のモンスターに迫られても、コウタたちは会話する余裕さえある。

非戦闘員のベルさえも、大岩の中から顔を覗《のぞ》かせて。

「な、なんだか敵が強くなってる気がするだ！」

「そうかな？　俺は感じないけど」

「コータの反則《チート》っぷりに磨きがかかってんな！　ディダの言う通り強くなってると思うぞ？　ってことで新魔法を見せてやる！　大量の雑魚敵を倒すために開発した――『空破弾』！」

アビーが前方に杖をかざす。

と、何体ものモンスターが弾《はじ》き飛ばされる。

まるで、見えない手榴弾《しゅりゅうだん》でも爆発したかのように。

その光景は扇型に二〇メートルほど先まで広がった。

「どうだコータ！　面制圧はオレに任しとけ！」

「す、すごいだアビーさん……おらは……」

「はは、比べることないよディダ。俺たちはしっかり守ろう。ほら、うしろのベルは戦えないんだし」

「……わかっただ！　おらは、おらにできることをする！」

アビーの活躍に引け目を感じるのではなく、それぞれができることを。

ディダは、焦ることなく丁寧にモンスターの攻撃をさばく。

安定した盾役は、モンスターとの集団戦において大事なものだ。

怪我をしない、倒れない「堅さ」で言えばコウタだろうが、大きい分、ディダが守れる範囲は広い。

「よしよし、みんな訓練の成果が出てるな！」

「うん、クルトに感謝しないとね。焦らず落ち着いて倒していこう！」

「カアッ！」

兵隊蟻《ソルジャーアント》が群れで押してこようとしても、殺戮蟷螂《キラーマンティス》が鋭い刃で斬り裂こうとしても、殺人蜂《キラービー》が空から襲ってきても、植物系モンスターの状態異常攻撃や不意打ちも、コウタたちには届かない。

フォーメーション『要塞《フォートレス》』の名前の通り、危なげなく撃退していく。

小一時間も経つと、モンスターの波は途切れた。

ベルがざっと【解体】して、使えそうな素材を大岩の内部にしまう。

ひと段落すると、一行はふたたび進みはじめた。

目指すは絶黒の森の北の端。

山すその手前で、目で見えるほど濃密な黒いモヤ——瘴気——が渦巻く地である。

「ダンジョンじゃないかもしれないけど……やっぱり、ボスはいるのかな」

「これだけの群れなんだ、いるだろうな。植物系なのか、虫系なのか。合わせ技ってセンもあるかねえ」

「合わせ技……？」

「カァ？」

「ああ。獣やら蛇やらいた場所じゃ『キメラ』がボスだったりな。けど、植物と虫か……パッと思いつかねえ」

「さ、里の外にはそんなモンスターがいるんだべな……」

盆地の北の端の木々は、黒くねじくれていた。

南の地でクルトのダンジョン、もとい、研究所があった場所と同じような風景だ。

ただし、空気が違う。

敵意まじりの視線を感じて、ディダの口数が少ない。

何が来たって倒してやるぜ！とテンション高めのカークとは対照的だ。

コウタもカークも、強敵との戦闘経験もあるアビーでさえ、慎重に進んでいくことしばし。

「カアッ！」

「みんな、あれ」

「やっとお出ましか。さーて、どんなヤツかねえ」

「お、おら、やるだ。みんなを守るだ。大きいって言ってくれた、この体で」

「カァー」

「みなさん、健闘を祈ってます！」

四人が足を止める。

一羽が定位置であるコウタの肩に止まる。

ねじくれた黒い木々が立ち並ぶ先には開けた空間があった。

絶黒の森を囲む山のふもとで、開けた場所の先は崖になっている。

崖の下部には小さな洞窟の入り口が見える。

「……あれが、ダンジョンの入り口とか？」

「いや、クルトのとこと違ってダンジョン化してる気配はねえ、っていま気にするとこそこじゃねえだろコータ！」

「コ、コウタさんは大物だべな……あんな強そうなモンスターを前にして、いつもと変わらないなんて」

「カァー」

「みなさん、がんばってください！」

開けた空間を前に、一行は止まった。

崖の入り口に不吉な気配を感じたのではない。

黒いモヤの向こう。

そこに二つの人影があったのだ。

「ええっと……モンスター、なんだよね？」

一体は、少年であるベルよりもさらに小柄な人型だ。

五歳の幼女ぐらいの身長で、一見すると見た目も五歳の幼女だ。

髪は濃緑で、櫛《くし》を通したことがないのかボサボサに乱れている。

そして。

「よく見ろコータ。足先は根っこ、手の先は枝になってる。髪の毛にも葉っぱがついてるだろ？」

「あ、ほんとだ。えっと、植物系種族の人間、とか？」

「カァ？」

「見た目は人間であっても、話は通じねえ。アレは、森に迷い込んだ人間の生気や魔力を喰《く》らう
——ドリアードだ」

「ドリアード……」

幼女の形の生き物は、人間ではなくモンスターらしい。

ドリアードは、むうーっとばかりに頬をふくらませてもう一体のモンスターを睨《にら》みつけていた。

開けた空間にいるもう一体は、コウタでも「人間ではない」とわかる。

「あっちは、腰から上の人間と蜘蛛《くも》がくっついた感じで……アラクネ、かな？」

「正解だ。色気に惑わされるなよコータ、っても、下の蜘蛛まで見えてりゃ騙《だま》されねえか」

超大型の蜘蛛に、腰から上の人間の女性をつなげたような姿。

妖艶《ようえん》な微笑《ほほえ》みを浮かべて、ドリアードの視線を受け流している。

ちなみに人間部分は裸だ。

長い黒髪で胸は隠れている。

コウタにとっては残念なことに。

「人間っぽいのにモンスターなんだね」

「どうするコータ？　こっちを気にしてねえみたいだし、フォーメーション『初手全力《ファーストアタック》』でかましておくか？」

「カァ？」

「……ちょっと待ってアビー。みんなも」

ドリアード、アラクネ。

いずれも、アビーやディダの故郷で発見されたら大騒ぎになるモンスターだ。

身に宿した魔力量やモンスターとしての強さを感じ取ったのか、大盾と棍棒を持つディダの手は震えている。

非戦闘員のベルは早々に大岩の中に退避した。

「あっおい、コータ！」

「カァ。カァー」

睨み合う二体のモンスターを前に、コウタが開けた空間に足を踏み入れる。

気負うでもなく、すたすたと。

アビーの制止は聞かない。

仕方ねえ、俺も付き合うぜ、とばかりにカークが飛行してコウタの頭の上に止まる。

「だ、だいじょうぶだかコウタさん!?　ど、どうするだアビーさん、おら追いかけた方が」

「落ち着けディダ。コータにはコータの考えがあるんだろ」

「けどあんな強そうなモンスターに！」

「コータがなにするか、オレはなんとなくわかる気がするけどな。ディダ、コータが攻撃されたら『初手全力《ファーストアタック》』で」

その場にとどまったディダとアビーが戦闘態勢に入る。

コウタがパーティから外れた時は、アビーが指示を出す役目らしい。

ドリアードとアラクネはチラッとコウタに目をやって、睨み合いに戻る。たがいの距離が近づく。

いまにもモンスター同士の戦いがはじまりそうなタイミングで——


「あの、ちょっといいかな？」


——コウタが話しかけた。

それも、駅前でなにがしかの勧誘でもしているかのようなゆるい感じで。

二体のモンスターがコウタに目を向ける。

が、返事はない。

当然だ。

「コータ！　さっきも言ったろ、そいつらは人の形してるだけで話は通じねえって！」

近寄って話しかけられても、興味がないかのように二体のモンスター同士が睨み合う。ガンをつけあう。

ドリアードの手が枝状に変化してうねうね動き出し、アラクネが人間部分の口を開いて牙を見せつける。

たがいに臨戦態勢に入ったのだろう。

モンスター同士の距離が縮まって、強力な二体の激突がはじまる、間隙《かんげき》に――

「はじめまして。俺はコウタです。よかったらなんでケンカしてるのか事情を聞かせてもらってもいいかな？」


――コウタが、二体の間に割って入った。

空気を読まずに。

のんびりした声も中身も変わらずに。

まるで、ここが元の世界であるかのように。

平和ボケ、ではない。

ドリアードが伸ばした枝はコウタに絡みついている。

アラクネの蜘蛛部分の牙はコウタの太ももに突き立っている。

「ああっ!?　大変だべ、コウタさんが!?」

「気持ちはわかるぞディダ。けどよく見てみろ」

コウタは、平和な世界と同じように油断していたのではない。

神様から授かった、怪我も病気もしない【健康ＬＶ．ｅｘ】を信じていたのだ。

ドリアードの拘束と生気吸収は通じない。

見た目幼女のモンスターの表情は乏しかったのに、いまは目を丸くしている。

毒を注入するべく突き立てたアラクネの牙は、コウタの皮膚一枚さえ通らない。

力の差を感じたのか、たらっと冷や汗を垂らしている。

「カァー」

二体のモンスターに挟まれたコウタの肩の上で、カークがため息のような鳴き声を吐いた。

理不尽すぎるよなこれ、とでも言いたげに。

「話は通じなくても、俺には【言語理解】があるんだ。だから、意味はなんとなくわかるかもって思ってる」

「カァ？」

「そうそう、カークとなんとなく話せてるからね」

瘴気渦巻く絶黒の森の、北の果て。

黒くねじくれた木々と崖に挟まれた開けた空間に、呑気すぎるコウタの声が響く。

強者の余裕か。

いやむしろ、危機感がないとか、空気を読めなすぎるとか、そっちの問題だろう。

心身の【健康】を授かったコウタは、この世界で暮らしていくうちに心身ともに変化したのかもしれない。

それが「成長」なのかどうかは怪しいところである。

「どうだろう、俺の言ってることがわかるかな？　いったんケンカはやめてほしいんだ」

「カァー」

「あ、あれで大丈夫だか……コウタさんは頑丈だべな……」

「ほんとになあ。神サマからもらった【健康ＬＶ．ｅｘ】が反則《チート》すぎる」

強力なモンスターの攻撃をものともしないコウタに、同行してきた仲間たちは半ば呆れ顔だ。

訓練の時から何度見ても慣れないらしい。

「なあコータ、オレたちはさんざん植物系モンスターも虫系モンスターも倒したろ？　そのボスっぽいのなんだ、もう敵対視されてんじゃねえか？」

「どうなんだろう。さっきまで俺たちのことを気にしてなかったから、イケるかなあと思って」

「カァー」

なお一番呆れ顔なのはカークであった。

【健康】よりも、どこか危機感のないコウタの呑気な思考に。

アビーと会話しているコウタに怒ったのか、ドリアードとアラクネが攻撃を続ける。

ドリアードは全身でコウタにしがみついた。

腕から生やした枝ではなく、全身で人間の生気を吸収するために。

アラクネは、蜘蛛部分ではなく人間の口でコウタの首すじに牙を立てた。

足が硬いなら急所を、と考えたのだろう。

「うわっ!?」

二体の新たな攻撃にコウタが悲鳴をあげる。

神様から授けられた【健康】を破られて、ではない。

見た目五歳ぐらいの幼女に抱きつかれ、妖艶な女性からうなじにキスされたのだ。

コウタが動揺するのも当然だろう。

ちなみに、どちらも並の冒険者なら死が確定する立派な攻撃である。

「ちょっ、ちょっと!?」

「カァー」

コウタがばたばたと手を動かす。

二体の拘束は効いていないが、動揺のあまり、攻撃にも距離を取ることにもつながっていない。

コウタがわたわたして、さっと肩から飛び立ったカークが呆れることしばし。

やがて、攻撃していた二体のモンスターの様子が変わってきた。

「な、なんだかおかしくないだか、アビーさん。おらたち、助けに行った方が」

「心配いらねえってディダ。ほら、コータの顔色は悪くねえだろ？　攻撃は通じてねえ、ちょっと慌ててるだけだ」

「なんだかコウタさんは女性に抱きつかれてるだけに見えます！」

「落ち着けコータ！　その気になりゃいくらでも引き剥《は》がせるぞ！　それに、見てみろ！」

「けどアビー………あれ？」

アビーに声をかけられて、ようやくコウタが異変に気づく。

抱きついてきたドリアード、見た目五歳の幼女は、ニッコニコの笑顔でコウタを見上げていた。

アラクネはコウタから離れて、蜘蛛の足を縮めて低い姿勢をとっている。人間部分はひれ伏している。

「えっと……？　これは……？」

「力の差を感じたんじゃねえか？　ドリアードはコウタの生気？魔力？が気に入ったとか？」

「カアッ！」

「お、おらこんなの見たことも聞いたこともねえだ……」

コウタは、戦わずして二体のモンスターに勝利したらしい。

かつて、絶望の鹿《ホープレス・ディア》が心折られてツノを差し出した時のように。

ディダはちょっと引き気味である。

「どうかな、これで話をしてみる気になった？」

「コータ、何度も言ってるけどドリアードもアラクネも、話が通じることはねえ。見た目がそれで知能が高くても、人間じゃねえからな」

「ならなんで人型に……この辺には俺たち以外の人間はいないし、人間を見たことないはずなのに……」

「『鑑定』で世界記憶《アカシックレコード》から情報を引き出せるんだ、モンスターに『変異』した時に情報を送られてるんじゃねえか？　この生き物がこの条件で変異したらコレ！ってよ」

「は、はあ。けど知能は高いんだよね？　だったら俺とカークの【言語理解】で」

「カアッ！　カアカァ、カァ？」

俺に任せておけ！　とばかりにカークが二体のモンスターに話しかける。

コウタにしがみついたドリアードはきょとんと首をかしげて、平伏したアラクネは身を震わせた。

「カァー。カア？」

再度カークが鳴くと、ドリアードが髪に生えた葉をさわさわ揺らし、アラクネはきしゃーと擦過音を出す。

まるで、カークの質問に答えているかのように。

「……なんか、通じてるっぽい。どう思うアビー？」

「オレも、カークの言葉が通じてるように見える。すげえな【言語理解】。けど――」

カークが鳴くたびに二体のモンスターが音を出す。

一羽と二体は、通じ合えたのかもしれない。

しかし。

「――これ、けっきょくオレたちは意思疎通できねえんじゃねえか？」

コウタにもアビーにも、ディダにもベルにも、一羽と二体の会話は理解できなかった。カークは賢くともカラスなので。

「カ、カァ。ガアッ！」

「どうしたのカーク？　あっ」

突然吠《ほ》えたカークに、コウタが視線を上げる。

と、崖とねじくれた黒い木々の間にある開けた空間に、突っ込んでくるモンスターがいた。

だが、コウタもアビーも焦った様子はない。

「なんだかひさしぶりだね」

なにしろ見知ったモンスターだったので。

アビーいわく鹿が変異した『絶望の鹿《ホープレス・ディア》』。

精霊樹《アンブロシア》の実を食べてさらに変異して、コウタが名付けた『希望の鹿《ホープネス・ディア》』である。

体色が黒から白っぽい灰色に変化した鹿は、開けた空間に突っ込んできて、コウタを前にして止まった。

「どうしたの？」

正しくは、コウタにしがみついたドリアードと、コウタの前で平伏するアラクネを見て止まった。

目を丸くして腰が引けている。

え、そいつらを舎弟にしたんすか!?とばかりに。

「どうしたのっていうか……なんだこれ……『絶黒の森』は、マジでやべえ場所だったんだな……」

「お、おら、命をかけても、みんなを守れる気がしなくなってきただ……」

「みなさん、逃げる時は言ってくださいね！　僕、ちゃんと荷物を【運搬】して【悪路走破】します！」

コウタ以外の人間たちが天を仰ぐ。

一体でも、もし街付近で目撃情報があがれば、国をあげて大騒ぎになるレベルのモンスターが三体揃っている。

そのうえ、コウタはじゃれつかれても平気な顔をしている。

常識外れの『逸脱賢者』に常識知らずの荷運び人《ポーター》、人族の習慣を知らない巨人族《ギガント》さえ呆れるのも当然だろう。

体の各所を枝や蔓に変化させて、全身でコウタに絡みついていたドリアードは満面の笑みを浮かべている。

力の差を感じたアラクネは、蜘蛛部分を縮こめて人間部分はひれ伏している。

そんな一人と二体を見て、現れた希望の鹿《ホープネス・ディア》は慄《おのの》いている。

女神に授かったコウタの【健康】は、ボスモンスタークラスから見てもズルいほど強力《チート》なスキルらしい。

「えっと……なんだろこれ……とりあえず、離れてくれるかな？」

いまだにコウタにくっつくドリアードにコウタが話しかける。

先ほどから何度も三体のモンスターに声をかけているが、モンスターが返事することはない。

コウタにスキル【言語理解】があっても、知能が高いボスモンスターであっても、会話できるわけではないのだ。

だが。

「カアカァ、カアッ！」

コウタの肩の上のカークが鳴くと、ドリアードは渋々といった様子でコウタから離れた。

カークはばさっと羽を広げて、三体のモンスターを見下ろす。

ちなみに、三本足のカラス・カークにもスキル【言語理解】が宿っている。

「ア、アビーさん。お、おらの見間違いだべな。いま、モンスターが、カークさんの言うことを聞いたように見えるんだども」

「見間違い、じゃねえだろうなあ。オレにもそう見えた。頭痛え……帝立魔法研究所のヤツらが知ったら、ぜんぶ投げ出して駆けつけてくるぞ、これ……」

「強そうなモンスターをあっさり倒して従えるなんて！　さすがですコウタさん、カークさん！」

「そうだ、カークの言葉が通じてるなら！」

「なんだろ、なんかイヤな予感すんなあ……」

ぽんと手を叩いたコウタに、アビーがすいっと視線をそらした。

×××××

「カアッ！」

「はあ、やっぱり縄張り争いなのか」

カークがクチバシで地面を指す。

と、コウタが訳知り顔で頷《うなず》く。

地面には、「はい」という文字が書かれていた。

「二人……二体？　で仲良く、同じ縄張りを共有するってことはできないの？」

「カァ、カァー？」

コウタの質問に続いてカークが鳴く。

と、ドリアードは髪の毛に生えた葉を揺らしてさわさわと、アラクネはきしゃーと擦過音を立てる。

「カァ、カア」

カークは、今度は地面に書かれた「いいえ」をクチバシで示す。

二体のモンスターが縄張りを共有することはできないらしい。

「お、おら、モンスターと話ができるなんて考えたこともなかっただ」

「ほうほう、ボスクラスは共存できないと。食事は必要ないはずだから、魔力を独占したい？のかもしれねえな。なるほどなるほど…………ってああああああ！」

「ど、どうしたのアビー!?」

「いくら【言語理解】があるからって！　カークが賢いからって！　おかしいだろこんなのぉぉぉおおおお！　どうなってんだ神サマぁ！」

アビーが、頭を抱えてごろごろと地面を転がる。

見た目幼女のドリアードがきょとんと首をかしげて、アラクネの女性部分が申し訳なさそうに目を伏せる。

戦いを終えたコウタたちは車座になって、二体のモンスターの事情を聞いていた。

スキル【言語理解】を持つカークが、通訳となって。

カーク、人間とは会話できないがモンスターとは会話できるらしい。カークの【言語理解】は対モンスター用なのか。三本足のカラスが人とモンスターどちらに近いかと言われれば、それはモンスターだろうが。

「あっ。その、俺たち、ここに来るまでに、植物系モンスターも虫系モンスターも倒してきたけど……その、ごめん。けど襲われたから仕方なくで、そりゃ縄張りに入ったのは俺たちだけど……」

「カァー。カア、カァ？　カアッ？」

座ったまま頭を下げるコウタ。

カークの通訳がいつになく長い。

二体のモンスターの返答音を聞いて、カークは「いいえ」を指した。

どういう意味の「いいえ」かわからず、今度はコウタが首をかしげる。そもそもYES・NOで回答できる質問ではない。

アビーのアドバイスを聞いて、何度かやりとりを繰り返して。

ようやく、コウタと人間組は、二体のモンスターが言いたいことを理解した。

「はあ、『配下』『仲間』って意識がないんだね」

「系統は一緒でも種が違うわけだからな。どっちもだいたい変異したモンスターだったし。これが狼《おおかみ》系とか、子供ができる群れだったら話がこじれたかもしれねえけど」

「お、狼系……」

「落ち着くだベルさん、話だけでこの森にはいなかっただ。いたのはあの鹿だけで……っ、強そうだったあの鹿だけで……」

「それにしても……絶望の鹿《ホープレス・ディア》がさらに変異した希望の鹿《ホープネス・ディア》が、こんなに怯《おび》えるなんてなあ」

ドリアードもアラクネも、モンスターを倒されたことに思うところはないらしい。

なお、地面に座るコウタたちと二体のモンスターからちょっと離れた場所には、希望の鹿《ホープネス・ディア》がへたり込んでいる。

　コウタたちが話し合う前に、「戦いはおさまったんで？　んじゃあっしはこれで」とばかりに去ろうとしたのだが、ドリアードとアラクネに捕まったのだ。

　いまはドリアードの蔓《つる》とアラクネの糸を絡められて、遠い目をして座っている。

「じゃあ、問題は縄張り争いだけか」

「なあコータ、オレたちに害がないならいいんじゃねえか？　湖の方まで縄張りを広げたいってわけじゃねえんだし」

「けど、知り合って、こうやって話をしたからさ。ケンカならともかく、二人が『殺し合う』っていうのは……」

「いやあ、モンスターまで『健康で穏やかな暮らし』に含めんのは無理だろ。コータの心理的な健康って意味で、殺し合ってほしくねえのは理解できるけどよ」

「人型だしね、単なる俺のワガママだっていうのはわかってるんだけど」

「カァー」

二体、もとい、三体のモンスターを前にコウタとアビーが通じ合う。カークも同意するように鳴いている。

　一方で、ディダとベルは二人の考えがわからないようだ。

　この世界の価値観からすれば、コウタとアビーの思考は「常識外れ」なので。

「そうだ！　アビー、ちょっと聞きたいんだけど」

「どうしたコータ、いいアイデア思いついたか？」

モンスター同士が共存できるアイデアを考える。

理解できない二人を置いて、コウタとアビーは盛り上がっていた。

いまだにこの世界の常識を知らないコウタは、また常識から逸脱したことをやろうとしているらしい。常識外れの『逸脱賢者』とともに。

絶黒の森に常識人はいない。そもそも常識人であれば、瘴気に満ちて強力なモンスターが群れをなす絶黒の森に立ち入らないので。

「えっと、この二人？二体？は、縄張りを共有できない。でも食べ物のせいじゃなくて、瘴気が必要だから」

「そうだな。カークが話を聞いてもそんな感じだった。カークが……話を聞いても……」

「ア、アビーさん。考えちゃダメだっておらによく言ってるだ。だからアビーさんも、深く考えない方がいいと思うだ」

「お話、まだ続きますか？　僕、荷物の整理しておきますね！」

「カァー」

「三体とも、クルトのダンジョンに引っ越せないかな。あそこなら、アンデッドが自然発生するぐらい瘴気が濃いって言ってたし」

「あー、なるほど。けどそりゃ難しいんじゃねえか？　地下研究所がベースだからな、アラクネはともかくドリアードは暮らせないだろ」

「そっか……」

「それに、クルトは嫌がるかもしれねえぞ？　オレたちとだって、一緒には暮らさねえで拠点はダンジョンのままなんだから」

「たしかに。いいアイデアだと思ったんだけどなあ。ダンジョン……あっ」

「どうしたコータ？」

「ねえアビー、この場所が『ダンジョン』にならないかな。ほら、まわりの木は黒くてねじれてて、クルトのダンジョン前と似た感じだし」

そう言って、コウタが周囲を指し示す。

人間たちに釣られるように、ドリアードとアラクネもキョロキョロまわりを見る。

左右の前脚を蔓と糸で拘束された希望の鹿《ホープネス・ディア》も、ちらっと首を動かして周囲をうかがった。

「ここが『ダンジョン』になれば、瘴気が集まって、二体でも三体でも争わないで暮らせると思うんだ」

「まあ、たしかに。『ダンジョン』ならその辺は問題ねえな。ボスモンスターが複数いるダンジョンも存在する」

「なら！」

「けどコータ、人工的にダンジョンをつくるのは難しいぞ？　帝国でも研究されてたけど成功事例はねえ」

「おら、巨人族《ギガント》の里では聞いたことねえだ。たまに来る行商人さんから」

「そっか……なんとかならないかな。現代はつくれなくても、古代魔法文明の頃にはつくれたとか」

「ちょい前にクルトと話し合ったことがあるんだけどよ——」

二体、もとい、希望の鹿《ホープネス・ディア》も含めた三体のモンスターを共存させる。

それも、絶黒の森の中央、精霊樹と小さな湖のほとりで暮らす自分たちに影響のない方法で。

コウタの思いつきは、この世界に存在する『ダンジョン』ならイケるのではないか、というものだった。

だが、アビーたちが知る限り、人工的なダンジョンは存在しないらしい。

「洞窟でも森でも人工物でも、ダンジョン化するにはいくつか条件があるってのがオレとクルトの推測だ」

「……はあ」

「まず、周囲に濃密な瘴気が満ちてることは外せねえ」

「…………はあ」

「カアッ！」

「ごめんごめんカーク、真面目に聞いてるつもりなんだけど……」

「それと、特別なモンスターが必要だってオレたちは考えた。だから、ワイトキングに堕《お》ちたクルトに【ダンジョンマスター】ってスキルがついたんだろうって」

「なるほど。そのモンスターがダンジョンのボスになるんだ」

「まあ穴だらけの仮説だけどな。特別なモンスターがいるからダンジョンになるのか、ダンジョンにいるから特別なモンスターになったのかわからねえし」

「卵が先か鶏が先か、ってこと？」

「そうそう。やっぱ元の世界を知ってると話が早いな！」

「ねえアビー。この場所は瘴気が満ちてて、強力なモンスターがいる。それも、三体も。だったらやっぱり『ダンジョン』になりそうだけど……」

「焦るなコータ。オレとクルトが話し合って出した仮説では、もう一つ絶対に必要なものがある」

コウタとアビーの会話に、ディダは口を挟まない。

作業がひと段落したベルもただニコニコと聞いている。

時おりカークが相づちを打って鳴いて、ドリアードとアラクネは二人と一羽をじっと見つめている。

「ダンジョン化するには、『シンボル』がいる。たとえば古代魔法文明の遺物、洞窟の奥の地底湖、地下墳墓、強力なアンデッドが暮らす研究所。なんだっていいんだけどよ、『象徴』になるようなモノだな」

「シンボル、象徴……」

コウタがぐるりと周囲を見渡す。

一行がいるのは、山すその開けた場所だ。

ねじれた黒い木々に囲まれて、わずかに下草が生えるのみ。

山側の崖の洞窟は、コウタたちがいる場所から中が全部覗けるほど奥行きがない。

洞窟というか、くぼみといった方が適切だろう。

ドリアードとアラクネがいたこの場所には、アビーの言う「象徴的なモノ」は存在しない。

「ない、ね」

「ああ。けどたしかに、ダンジョン化すれば二体でも三体でも共存できるだろ。攻略はしたくねえけど……それに、ダンジョンになれば多少は空間が広がる」

「あ、そうなんだ。どうりで入り口からクルトの研究所まで遠いと思った」

「んー、いいアイデアだと思うんだよなー」

アビーが眉を寄せて考え込む。

コウタも、この世界の常識と知識を知らないなりに考える。

肩に止まったカークも、キリッとした顔で何か考えている様子だ。カークは鳥だが鳥頭ではないのだ。たぶん。

「足りないのはシンボルかあ」

「まあ、それが揃ったところでダンジョン化するとは限らねえんだけどな」

「カァー」

「クルトに頼んだら何かもらえないかな」

「おい待てコータ、禍々しい感じのシンボルもらったらどうすんだ。クルトはアンデッドだぞ」

「いや、そこは古代魔法文明の遺産とか」

「デカい規模ならともかく、アイテム一個じゃそうとうのモノじゃねえとダンジョン化は厳しいと思うんだよなあ」

「カァ？」

「そうだ！　戻って、精霊樹にお願いできないかな？」

「…………は？」

「あの樹《き》は、みんなひと目でわかるほどすごいんでしょ？　果実はアンブロシアで、幹も葉も枝も貴重な素材になるぐらい」

「それはそうだけどよ……」

「祈ったら実をわけてくれたりするし……何かシンボルになるようなものをもらえないかなって」

「精霊樹レベルなら苗木でもシンボルにゃ充分だろうけど……イケるのか？　ここは瘴気に満ちた場所で、精霊樹は瘴気を浄化しちまって……待てよ、魔力が陰陽ってんならダンジョン化するのに瘴気じゃなくてもいいのか？　いや、けど」

「ダメでもともとなんだし、やってみない？　ダメだったら縄張りが重ならないように、それぞれ別の場所に移住してもらう感じで」

「カァー」

「まあそうだな、人工ダンジョンなんて成功例はねえんだし、やるだけやってみるか！　んじゃ、探索はここまでにして帰るか？　それとも、【運搬】【悪路走破】持ちのベルにひとっぱしり往復してもらうか？」

「えっと、ここから家までは、一日あれば往復できると思います！」

「早いな！　三日間かけてここまで来たのに、急げば往復一日って！　言い出したのオレだけども！」

「いや。うまくいけば、『絶黒の森』で暮らす仲間……隣人？になるんだし、連れていこうと思うんだ」

「はい？　なんだってコータ？」

「三体とも、連れていこうと思うんだ」

「………はい？」

「もちろん一緒に暮らすわけじゃなくて。ほら、精霊樹への挨拶ってことで」

アビーがフリーズする。

ディダはぎょっとしてコウタを凝視する。

ベルはニコニコ笑顔のままだ。

カークは、カアカァ鳴いて三体のモンスターに事情を説明している。たぶん。

「どうかなカーク？」

「カァー、カアッ！」

言い聞かせたから問題ねえよ、とばかりに、カークが勢いよく鳴いて「はい」を指す。

ドリアードは「樹」と聞いて目を輝かせ、アラクネは平伏して、希望の鹿《ホープネス・ディア》はぷるぷるしている。

三者三様だが、ひとまず反対ではないらしい。

あるいはコウタやカークとの力の差を感じたせいか。

「よし。じゃあ、帰ろうか！」

話はまとまった、とコウタが宣言する。

一行はのそのそと動き出した。

ただ一人、かたまったアビーを除いて。

「あああああ！　一体でも街を脅かすモンスターを連れて帰るって！　常識外れの『逸脱賢者』より常識外れなんじゃないですかねぇぇぇえええ！」

再起動したアビーが、頭を抱えてごろごろ転げる。

が、コウタが申し訳なさそうな顔で見るだけで、一行は出発の準備を進める。

巨人族《ギガント》なのに常識人っぽいディダも、逸脱賢者の逸脱した行動には慣れてきたようだ。

もちろん、この世界の価値観からズレたコウタの行動にも。

【7】

「帰りはあっという間だったね！」

「カァー」

「戦闘がなかったからな。行きはあれだけモンスターに襲われたのに……」

絶黒の森の北端を出発して二日目。

コウタの視線の先に精霊樹の姿が映る。

まわりの木々も黒から灰色に変化している。

瘴気が薄いエリアに入った証《あかし》だろう。

「あと一時間ぐらいかな。けど気を抜かないで…………あれ？」

「カアッ！」

「警戒しろコータ、モンスターの気配だ！」

「ベルさん、おらのうしろに！」

「はいっ！　みなさん、がんばってください！」

拠点まであとわずかとなったところで、コウタたちは足を止めた。

カークとアビーが警戒を促す。

ガチャガチャと、金属を鳴らす足音が道の先から近づいてくる。

「うわ……また強そうな……しかも禍々しい感じ？がする……」

「カァー。カァカア」

思わず漏らすコウタに、カークはどこか気の抜けた声で背後に向かって鳴いた。

現れたのは、漆黒の全身甲冑《フルプレートメイル》に身を包んだ男だ。

そこには、絶黒の森の北端から連れてきた三体のモンスターがいた。

片ツノの希望の鹿《ホープネス・ディア》と、それにまたがる見た目幼女のドリアード。

心細いのか鹿に糸を絡みつけておずおずと横を歩くアラクネである。

三体は、現れた禍々しい全身甲冑《フルプレートメイル》を見てぷるぷる震えている。

それぞれが強力なモンスターであるはずなのに。

「俺が行くよ。俺は【健康】で怪我しないから」

「だ、大丈夫だか、コウタさん？　おらと二人がかりの方がよくないだか？」

コウタが前に出て鹿ツノ剣を構える。

木の盾を抱えたディダが心配そうに声をかける。

だが――

「あれ？　なんか、道を譲ってくれてる？」

――戦いにはならなかった。

「むっ、帰ってこられたかコウタ殿。下がれ、その一行は敵ではない」

「なるほど、クルトの配下のアンデッドか」

「うむ。留守を引き受けたゆえな、周辺を警戒させていたのだ。不在の間に何かあってはコウタ殿に顔向けできぬ」

禍々しい漆黒の全身甲冑《フルプレートメイル》は、古代魔法文明の生き残り魔導士にしてアンデッド――ワイトキング――の、クルトの配下であったようだ。

コウタたちが緊張を解く。

三体のモンスターの震えがひどくなる。

「見まわりサンキュー、クルト。ってかコイツ、訓練の時に見かけなかったな？」

「うむ。精霊樹の至近は瘴気が薄いゆえ、なかなか召喚できなかったのだ」

「ああ、そういやそんなこと言ってたな」

「ねえベル、ちなみにだけど……たぶんあのモンスターもアンデッド、つまり『生きてない』と思うんだ。【解体】できるかな？」

「はい！　できそうな気がします！」

「できるのかよ……【解体】も【言語理解】も【健康】も、スキルが理不尽すぎるだろ……」

「げ、元気出すだアビーさん！　味方が頼もしいのはいいことだべ！」

希望の鹿《ホープネス・ディア》とドリアードとアラクネの怯えをよそに、コウタたちは呑気なものだ。

ワイトキングで【ダンジョンマスター】のクルトの存在はいつものことだし、アンデッドは敵ではないので。


クルトと合流して、コウタたちは拠点の広場に戻ってきた。

大樹と湖が織りなす景色に、見た目幼女のドリアードは目を輝かせている。

「じゃあ僕は街まで行く準備を進めておきますね！」

「うん、ありがとうベル」

「いやこれからが気になるところだと思うんだけどなあ。マイペースすぎるだろベル。そりゃ荷運びは助かるけども」

ベルはさっそく、道中で討伐されて【解体】した魔石や虫系モンスター、植物系モンスターの素材の整理にかかる。

これまでクルトのダンジョンで討伐したアンデッドの魔石などとあわせて、街まで運ぶための準備をするようだ。

精霊樹を前にした三体のモンスターの反応とその後は気にならないのか。

きっとベルは荷運び人《ポーター》であることに誇りを持っているのだろう。もしくは極度のマイペースか。

「それじゃあ、挨拶だけど……」

「なあコータ、ダメだった時はどうすんだ？　殺る……倒すのか？」

「その時は移動してもらうよ。一体は北のままで、鹿はいままでも出会った東かな？　もう一体は……西とか？」

「おら、まだ顔出しに行く気はねえんだども、西、里への道にいられるのはちょっと勘弁してほしいとこだ……」

「あーそっか、たしかに。ならクルトにお願いして南で、ダンジョンからちょっと離れた場所とか？」

「それは構わぬ。が、コウタ殿。この場にいるのだ、まずは試してみるべきであろう」

「そうだね、うん」

「なんというかアレだなあ。オレは『逸脱賢者』なんて言われてたけど、まだまだ常識からは『逸脱』できてなかったんだなあ」

コウタたちの呑気な会話に、アビーは遠い目をしている。

常識外れの『逸脱賢者』と呼ばれ、コウタと同郷であっても、すべてをわかり合えるわけではない。アビーのスキルに【スルー】がつく日は近いかもしれない。いきなりＬＶ．ｅｘになりそうだ。

いつも通りの会話を交わす一行とは別に、連れてこられた三体のモンスターは固まっていた。

ワイトキングたるクルトに怯えているわけでも、ひとさまのお宅にお邪魔して落ち着かないわけでもない。

三体は、精霊樹を見上げて固まっていた。

やがてそれぞれ動き出す。

見た目五歳ぐらいの幼女、ドリアードは土の広場を駆けまわる。ときどき跳ねる。

満面の笑みを浮かべているあたり、ご機嫌であるらしい。

「長く生きた木の精霊が変異してモンスターとなった」といわれるドリアードにとって、精霊樹は思うところがあるのか。

下半身は蜘蛛で上半身は妖艶な女性、アラクネは、精霊樹からやや離れた場所で身を縮めた。

蜘蛛の足を丸めてお腹を地面につけ、人間部分は腰を折って小さくなっている。

敬意を表しているのか、それとも「抵抗しません」アピールなのか、単に怖がっているのか。

かつてコウタに片ツノを差し出した希望の鹿《ホープネス・ディア》は、ぺたんと地面にお尻をついた。

残った右ツノと、生えてきた短い左ツノを上に向けて、呆然《ぼうぜん》と精霊樹を見上げている。

絶望の鹿《ホープレス・ディア》から変異した鹿は、コウタからもらった果実の存在感を知って、あらためて驚いている。

「えっと……？」

「とりあえず、三体とも精霊樹に害をなす気はないってことなんじゃねえかなあ」

「だね。あとは挨拶と、北にダンジョンをつくりたいから『シンボル』になるような何かをもらえないかってお願いなんだけど……」

「カァ。ガアガァ、ガアッ！」

コウタが漏らした一言に反応してカークが鳴いた。

仕方ねえなあ、ほらお前ら、気合入れろ！とばかりに。

コウタのつぶやきが聞こえたのか、それともカークの指示に従ったのか。

二体のモンスターが動き出す。

アラクネは蜘蛛足を縮めたままおずおずと進む。

希望の鹿《ホープネス・ディア》はへっぴり腰で精霊樹に近づいていく。

二体は、巨大な精霊樹の手前で止まった。

揃って足を曲げて頭を下げる。

「ありがとうカーク。あとは」

コウタが残る一体に目を向ける。

ご機嫌で跳ねまわっていたドリアードは、コウタに見られて動きを止めた。

目を輝かせて精霊樹に駆け寄る。

勢いのまま木の幹にぴとっと抱きつく。

「……あれでいいのかな。ま、まあ尊敬してる感じはするし大丈夫かな、たぶん」

「カァー」

自分に言い聞かせるコウタに、呆れた声でカークが鳴いた。

と、カラスの鳴き声に奇妙な音が重なる。

さらさらと葉っぱの擦《こす》れる音。

しゅーっと口からこぼれる擦過音。

ぴぃーっとどこか物悲しく感じる鳴き声。

三体のモンスターが発した音に、カークは満足そうに頷いた。

小さな湖の上を風が吹き抜ける。

精霊樹の葉が揺れる。

三体のモンスターが樹を見上げた瞬間に、果実が落ちてきた。

ドリアードは樹に抱きついたまま、髪の毛をうにょんと変化させて受け止める。

アラクネは人間部分の手を伸ばして押しいただく。

希望の鹿《ホープネス・ディア》はひょいっと口でキャッチする。

「おー、認めてくれたみたいだね！　よかった！」

「いやほんとよかったのかね。絶望の鹿《ホープレス・ディア》を変異させた精霊樹の果実《アンブロシア》を、三体のモンスターに……どうなるんだこれ」

「カァー。カアッ！」

三体のモンスターは精霊樹に認められた。

コウタは無邪気に喜んで、アビーは呆れ顔だ。なだめるカークの声も届かない。

果実をもらったアラクネと希望の鹿《ホープネス・ディア》はあとずさりして離れていく。

だが、ドリアードは動かない。

精霊樹に抱きついて、じっと瞳を閉じている。

「……あれ？　どうしたの？　なんか変な感じで……あ、そういえばドリアードは生気や魔力を吸収するって」

「たしかに、精霊樹からドリアードに魔力が流れてる。けどこれは……クルト？」

「うむ。我も、ドリアードが『吸生』『吸魔』しているのではなく、精霊樹が流し込んでいるように見える」

「だよなあ」

ドリアードは固まったように動かない。

そのまましばしの時が過ぎて。

「おっ、魔力の流れが止まった」

コウタたちが、見た目五歳の幼女・ドリアードをじっと見つめる。

幼女はそっと目を開けて――

「まま」

――精霊樹を見上げて、ポツリとつぶやいた。

「え？　ドリアードは精霊樹の娘？」

「そこじゃねえだろコータ！　おいおいマジか、ドリアードって人型だけど喋《しゃべ》らねえって言われて、くっ、なんだこれ！」

「我にもわからぬ。膨大な魔力を得たゆえか。それとも……精霊樹は、我らの時代には『世界樹』『神の宿り木』と呼ばれていたのだ。精霊樹を媒体にアビー殿が仮定した世界記憶《アカシックレコード》とつながったか、あるいは神より何らかの情報や力を授かったか」

「カァー」

頭を悩ませる逸脱賢者と古代魔法文明の生き残り魔導士をよそに、コウタがドリアードに近づいていく。

「えっと、あらためて。言葉はわかるようになったかな？　話は通じる？」

コウタがヒザをついて話しかける。

ドリアードはきょとんとしている。

【言語理解】があっても話は通じない。

「んー、ダメか。なんだったんだろうなあ」

「カァー」

「んんー！」

諦めかけたコウタとカークの前で、ドリアードは地面に手をついてうなった。

精霊樹がさわさわと葉を揺らす。まるで、がんばれ、と応援しているかのように。

「どうしたの？　そこに何かあった？」

「魔力が放出されてる？　それも、ドリアードの手と精霊樹の根っこから……？　なんだこれ」

「わからぬ。本当に、コウタ殿といると我も知らぬことがよく起こるものだ。くふふっ、すべては我の夢を叶《かな》える糧になるであろう」

「な、なんだか、こうして見てるとかわいいだな。小さい人間の、もっと小さい子供みてえだ」

地面に手をついたドリアードの姿をコウタたちが見守る。

やがて。

「やー！」

幼女——ドリアードのかけ声とともに、地面が盛り上がった。

ぽこっと土を割って出てきたのは一本の細い木だ。

コウタのヒザあたりまでにょきっと成長する。

「へえ、異世界の木ってすぐ成長するんだなあ」

「そんなわけねえだろコータ。精霊樹の苗木、いや、分け木っていうのか？　株分け、みたいな？」

「カァ？」

「とー！」

ドリアードがさらに声を出すと、盛り上がった地面はぽろっと外れた。

満面の笑みを浮かべたドリアードが、小さな苗木と根を覆う球状の土を抱える。

「えっと……精霊樹から、ダンジョン化させるための『象徴的な何か《シンボル》』をもらったってことかな？」

「たぶんな。そりゃまあ精霊樹の樹ならシンボルには充分だろうけどな？………ぁぁぁあああ！　どうなってんだこれ！　いきなり喋り出すし！　樹は樹で意思があるみたいにあっさりシンボル授けるし！」

「ほ、ほらアビー、俺たちはそのつもりで帰ってきたわけで、それはその、ドリアードが成長？　したのは予想外だけど」

「こんなの！　帝立魔法研究所の連中に言ったところで信じてもらえないレベルなんですけどぉぉぉおおおお！」

「カァー。カアッ、カア！」

アビーが頭を抱えて、地面をゴロゴロ転げまわる。

そんなアビーを気の毒そうな目で見るのは、非常識に慣れていないアラクネと希望の鹿《ホープネス・ディア》だけだ。

コウタは困り顔の半笑いで、カークは仕方ねえ、いつものことだ！　とばかりに鳴いている。

ベルは我関せずと荷物の整理を続けて、ディダは遠い目で空を眺めていた。

ただ一人。

「くふっ、くははは、くはははは！　なんと！　なんということか！　もしこれで北の地に『ダンジョン』を創り出せるならば、我の研究の一助となろう！　ダンジョンは魔力もモンスターも生み出すゆえに！」

クルトだけは、上機嫌でドリアードが手にした苗木を眺めていた。

古代魔法文明の全盛期に生きた魔導士も、初めて知る現象だったようだ。

「えっと、どうかな？　俺の言ってることがわかる？」

騒がしいアビーたちを横目に、コウタがドリアードに話しかける。

精霊樹から魔力やら分け木やらを与えられて、言葉がわかるようになったことを期待したのか。

ドリアードはこてんと首をかしげた。

アラクネと希望の鹿《ホープネス・ディア》は動かない。

「ダメか……でも、うん。よかったね。これで北側にダンジョンができれば、みんなケンカしないで平和に暮らせるよ」

コウタの目標は「健康で穏やかな暮らし」だ。

だがそれをモンスターに求めるのはどうなのか。

まあ、強力なボスモンスター同士の縄張り争いがおさまれば、拠点と絶黒の森が安全になると思ったのだろう。たぶん。

「みんなケンカしないって無理じゃねえかコータ？　虫系モンスターと植物系モンスターは争ってたぞ。同じ系統でも『仲間』って意識はないみたいだしな」

「そこは仕方ないのかなあ。生存競争とか、本能とかあるんだろうし」

「カァー」

「案外ドライだなコータ。カークはまあ当然として」

「カアッ！」

「まあ、それよりも、だ。なあコータ、侵入者が来たらどうすんだ？　貴重な素材を求めてきたニンゲン、とかな。襲わないように教え込むのか？」

「襲われたり荒らされたりしたらしょうがないと思うけど……できれば、俺に知らせてほしいかな。説得できないか試してみるよ」

「『しょうがない』って案外どころかけっこうドライだなコータ！　ま、まあいいんじゃねえか？しょせん人間とモンスターなんだ、わかり合えるわけがねえ。わけがねえんだけど……」

アビーは一瞬空を見上げて、コウタに視線を戻す。

コウタは、しゅばっと苗木を掲げたドリアードの頭を撫でていた。

ドリアードは満足そうに微笑んでいる。

アラクネと希望の鹿《ホープネス・ディア》は引きつった笑いを浮かべている。

「よし。じゃあ今日は拠点で一泊して、明日送るよ。誰か一緒に行く？」

「カアッ！」

「オレは行くぞ。その苗木がどうなるか見てえしな」

「我も行こう。果たしてダンジョン化するのか、兆しだけでも起こるのか。興味はつきぬ」

コウタの呼びかけに、カークとアビー、クルトが応える。

建築や漁業、もろもろ忙しいディダとベルは思案顔だ。

だが。

「カァー。カア？」

「ん！」

ドリアードとアラクネと希望の鹿《ホープネス・ディア》は、揃って首を振った。

送ってもらわなくて大丈夫！　と言わんばかりに。

「カア」

「そう？　大丈夫ならいいけど……」

「カァ。カァー」

「まあ、みんな『ボス』モンスターだもんね。じゃあここで見送るだけにするよ」

「くっ、まあ仕方ねえ、けどいずれ様子を見に行かせてもらうかんな！」

「うむ、その時は我も同行させてもらおう」

「カア。カァ？」

「ん！」

三体から拒否されて、コウタはあっさり諦めた。

苗木が気になるアビーとクルトも、案外すっぱり諦めた。まあ、二人は折を見て行くつもりのようだ。植えたところですぐにダンジョン化することはないと踏んでいるのだろう。

「じゃあ、元気でね！　ケンカしないで仲良く、何かあったらカークに知らせるんだよ」

「カアッ！　カアー、カァッ！」

ドリアードの頭を撫でていたコウタが手を離す。

カークが、俺かよ！　まあちょくちょく見に行くことにするけども！　と鳴く。

コウタと離れた見た目五歳児のドリアードは精霊樹に近づく。

両手で苗木を抱えたまま、大木の幹にコツンと頭をぶつけた。

まるで、お別れの挨拶のように。

「まま！　また！」

まるでも何もお別れの挨拶だった。

あぜんとするコウタたちをよそに、アラクネと希望の鹿《ホープネス・ディア》も立ち上がる。

アラクネは、近づいてきたドリアードを人間部分の腕で抱えた。

落ち着かなくてぬいぐるみを抱える女性のようだ。

あと蜘蛛の糸を希望の鹿《ホープネス・ディア》の前脚の一本に、ゆるく絡めている。

一人だけ逃げるなんて許さないわ、とばかりに。

希望の鹿《ホープネス・ディア》の目は死んでいる。ホープレス。


「そういえば、アビー。あの三体は『鑑定』しなかったけど……よかったの？」

「いや、モンスターはまだ『鑑定』できねえんだ。興味あったんだけどなあ。特にドリアード」

「会話はできないけど、喋れるようになってたもんね」

「カァー」

「くっ、ビフォーアフターが見たかったぜ！」

「あれ？　けど、ワイトキングのクルトは鑑定できてたような」

「ああ。クルトの場合は元が人間だったからな。なんて言うかな、オレのいまの『鑑定』は、世界記憶《アカシックレコード》から人物の記録を参照してる、ってイメージなんだ」

「は、はあ」

「そのうちモンスターも『鑑定』できるようになりてえんだけどなあ。まあ、そのへんは今後の課題ってことで！」

「う、うん」

「カァー。カアカァ」

「課題を明確にすることは、研究を進める大事な『すてっぷ』である。アビー殿、我も協力しよう。モンスターを鑑定できれば我も役立てられるゆえな」

「おう、ありがとよクルト」

精霊樹、三体のモンスター、ダンジョン化するかどうか、鑑定。

逸脱賢者のアビーや、古代魔法文明の生き残り魔導士であるクルト、研究者気質の二人が関心を持つことは数多い。

絶黒の森に何もなくとも、二人、もとい、一人と一体はこの生活を満喫していた。

「はい！　コウタさん、荷物を運ぶ準備ができました！　さっそく街に行ってきましょうか？」

「うん。必要なものはこの前渡したリストの通りだよ。申し訳ないけど、お願いできるかな？」

「もちろんです！　荷運び人《ポーター》の僕に任せてください！」

精霊樹と三体のモンスターのやりとりを横目に、荷造りに邁進《まいしん》していたベルも、この生活を楽しんでいると言えるかもしれない。

なにしろ、唯一の「荷運び人《ポーター》」として、健康で穏やかな暮らしを送るための村づくりに貢献しているのだから。

「なら、おらはひさしぶりに漁をするだ。休んでた分、魚も増えてるかもしれねえだな！」

「よろしくねディダ。じゃあ今日の夕飯は、魚料理にしようか。……ディダとアビーが作ってくれれば、だけど」

「うぇへへ……おらが頼られて……任せてほしいだ、コウタさん！」

北の地の探索を終えて、それぞれは日常に戻る。

巨人族《ギガント》のディダは、さっそく趣味とも仕事ともいえる投網漁に取り掛かるようだ。

養殖場や桟橋、カヌーの作製よりも漁を優先するあたり、好みがうかがえる。

里では「一番小さいから」と漁に出られなかったディダもまた、絶黒の森で充実した日々を送っている。

「ふと思ったんだけどよ」

「どうしたのアビー？」

「東にいた絶望の鹿《ホープレス・ディア》……いまは希望の鹿《ホープネス・ディア》か。それに、北のドリアードとアラクネ。絶黒の森で出会ったボスモンスターはこれだけだ」

「そうだね、クルトは【ダンジョンマスター】で別枠だもんね」

「ああ。そんで、コータはその三体とも従えてる。クルトも入れりゃ四体か？　まあそりゃ冗談として」

「従えてる、のかなあ。みんな言うことは聞いてくれてるみたいだけど……」

「カァー」

「あの態度は『従えた』でいいだろ！　まあそれはともかく！」

「うん？」

「コータはこの集落のリーダー、村長っていうか……もう、絶黒の森自体のボスって言えるんじゃねえか？」

「え、ええっ？」

「カアッ！　カー、ガアッ！」

アビーのボス発言に、コウタは及び腰だ。

カークはコウタの肩に止まって、しっかりしろよボス！とばかりに鳴いている。煽《あお》っている。

「それに……うまくいきゃ、南に加えて北にもダンジョンができる」

「そうだね、そうなれば三体とも共存できるようになるからね。こういうの三頭体制《トロイカ》って言うんだっけ？」

「それはまた別モノだろ！　んでそれはそれとしてだな！」

「は、はあ」

「北と南にダンジョンがあって。それで中央のここは、魔力に満ちてる。特別な存在もいる。モンスターはいねえけど、神サマに体を創られたコータとカークがいる」

「カア？」

「うん、そうみたいだね」

「で、立派な象徴《シンボル》もある。それも、北のダンジョン化がうまくいけば、そのシンボルの大元だ」

「カァ？」

「オレとクルトが話した推論の、必要な要素は揃ってる」

「あ、ほんとだ。……ねえアビー、まさか」

「絶黒の森自体が、二つの小ダンジョンを加えた超巨大ダンジョンになったりしてな！　精霊樹とオレたちが暮らす村を中心にして！」

「カ、カア？」

「まさかそんな、ねえ？　ジョークだよねアビー？」

「だといいなあ………ま、まあほらアレだ、クルトを見てたら住まいがダンジョンでも問題ねえって」

「そ、そっか、そうだよね」

「ああ、むしろダンジョン内は転移できて便利になるかもしれねえぞ？　はは、はははは」

「なんというか……」

「もともと穴だらけの推論だしな！　ほら本気にするなって！」

「だよね！　いくら『狭い盆地』だって、こんな面積のダンジョンになったら大変だもんね！」

「そうそう！　ラスボスがいるラストダンジョンかよ！ってな！」

「ちょっ、アビー、そしたら俺たちがボスになっちゃうじゃん！」

「ならオレは四天王の魔法枠な！　ラスボスは任せたぞコータ！」

「いやいや柄じゃないって！　そこはほらクルトにさ！」

「カア？　カアカァ、ガアッ、ガーッ！」

精霊樹と小さな湖のほとりの広場に、二人の乾いた笑い声が響き渡る。

コウタもアビーも、なかばヤケクソで冗談のような思いつきに乗っかっていた。

カークだけは、俺はラスボスの相棒な！　とばかりに本気で乗っていたが。

コウタとカークがこの世界で目覚めてから八ヶ月が過ぎた。

一人と一羽がいたことで、絶黒の森は変化を迎えていく。

巨大ダンジョン化するかどうかはともかく、現段階でも人が暮らせる環境は整いつつある。

「そうだ！　この村……集落の名前を決めないとね！　ダンジョンどうこうじゃなくて！」

「おっと、そっちの方が大事だったな！　任せたぞコータ！」

「カア？　カァー」

こうして。
コウタたちに見送られて、三体のモンスターは精霊樹と小さな湖の拠点を去った。
コウタは絶黒の森の探索をひと通り終えて、身のまわりの安全を確保した。
これからどうするのか。
拠点、もとい、数軒の住まいが建った集落の名前をどうするのか。
いまのところコウタに案はない。
「カァー」
カークにも。

第五章　コウタ、開拓や畑仕事を進めて村作りを続ける

【1】

コウタとカークがこの世界で目覚めてからおよそ九ヶ月。

コウタは拠点からやや離れた森の中にいた。

「このあたりを切り拓《ひら》いて畑にして、もう少し外側に柵を作ろうと思うんだ」

「いいんじゃねえか？　ただここは絶黒の森だ、木の柵じゃ気休めにしかならねえ気はするけど」

「んー、村の敷地を示したいってのもあるし、それに、これだけ自然豊かな場所の畑が無防備だと、害獣が荒らしそうだから」

「カァー、カアッ！」

「はは、ありがとうカーク。まあ気分的なものだよ」

コウタの肩に止まったカークが、害獣なんて俺がやってやんよ！　とばかりに意気込む。だがコウタはあっさり流した。

柵は害獣避《よ》けでもあるが、「ここからここまで誰々の土地」であることを示す意味もあるのだ。農地の境界線ははっきりしておかないと、のちのち大変なことになるので。あと水も。

「俺は伐採をはじめるかな。アビーはどうする？」

「オレはちょっといろいろ試させてもらうわ。『鑑定魔法』の構成をイジりたいんだ」

「モンスターも『鑑定』できるようにするんだっけ？」

「ああ。せっかくモンスターに顔なじみができたんだ、次会った時に試したいからな！」

言いながら、アビーは手にした木の棒で地面にガリガリ何かを書きつける。

アビーがコウタについてきたのは、開拓の立地選定と魔法の研究のためであるようだ。

「じゃあ木が倒れる方向に気をつけないとね。危なかったら声をかけるよ」

「普段どうしてんだコータ、って【健康】があるのか。ならオレは『魔力障壁』張っておくわ」

林業は慣れた者が行っても重大事故が多い。

だが、スキル【健康ＬＶ．ｅｘ】のコウタと逸脱賢者と呼ばれ魔法を使いこなすアビーにとっては問題ないようだ。

倒れてこないようにするのではなく、倒れてきてもどうにかする。力業である。

アビーに一声かけて、コウタは腰から鹿ツノ剣を抜いた。

反応したカークがコウタの肩から発《た》って、木々の間を飛んでいく。

コウタが黒い刀身を振りかぶって斜めに振りおろす。

いわゆる「袈裟《けさ》斬り」である。

わずかに灰色がかった木の幹が斜めにズレる。

間を置いて、幹がひと抱えもある木はズンッと倒れた。

「……あれ？」

「どうしたコータ？」

会心の出来にもかかわらず首をひねるコウタ。

アビーの問いかけに気づいていないのか無視したのか、続けて一本、もう一本と木を伐り倒していく。

　いずれもひと振りで。

「やっぱり、おかしい」

「ん？　そりゃいくら斬れ味がいいったって、ひと振りで木を伐り倒せるのはおかしいけども。そんなのいまさらだろ？」

「んー、そうなんだけど、なんというか、いままでより手応えが軽いような……調子いいのとはまた違う感じで」

「『レベルアップ』でもしたか？　そんな事象はないって結論付けたけどよ、コータは特別だ、何があったっておかしくねえ」

「んんー……」

「どれ、ちょっと待ってろ、いま見てみるから。〈鑑定〉ッ！」

　いまいち納得していないコウタに、アビーは杖《つえ》をかざす。

　じっとコウタを見据えて叫ぶ。

　アビーが開発して、いまだ改良中の『鑑定魔法』である。

「ど、どうかなアビー？」

「【健康】に【言語理解】、いつもと変わらね――おお！」

「え？　なになに？」

「新しいスキルがついてるぞコータ！　【伐採ＬＶ．１】だ！」

「おおー！　だから伐りやすくなってたのか！」

「まあスキルは『あるからできるようになる』ものじゃなくて『できるからスキルと表示される』ものだけどな！　けど、『コウタは【伐採】ができる』って世界に認識されたってことだ！」

「俺が、世界に認められた……」

「ああ、やったなコータ！　いままでの日々は無駄じゃなかったってことだ！　木を伐り倒し続けたコータのがんばりが認められたんだ！」

「俺に……【伐採】スキルが……」

自分のことのように喜ぶアビーは、コウタの背中をバンバン叩《たた》く。

コウタが異世界に来てから続けてきたことに、ひとつの成果を得た。

スキル【伐採】。

神様が授けた【健康】【言語理解】と違って、自ら手に入れたスキルだ。

コウタの日々の努力が認められた証《あかし》だ。

目を潤ませていたコウタは、いつしか静かに涙を落としていた。

アビーがそっと離れる。

しばらく一人にしてやろうと、アビーが遠くに視線を向けた、ところで。

「カァー！」

「おっ、カークだ。カークにも報告しないとな！」

二人のそばを離れて見まわりに出ていた一羽のカラスに気づく。

カークはめずらしく、カァカァ鳴きながら飛んでいる。

コウタの異変を察した、ではなく。

「カアッ！　カァー。カ、カァ？」

「大丈夫だよカーク。痛いとかしんどいとかじゃないんだ。嬉《うれ》しいことがあってね」

「カア？」

「ほんとほんと。それで、どうしたの？」

「カァッ！　カァ、カアー」

頭の上からコウタを覗《のぞ》き込むカークは、バサっと前方を指差す。羽差す？

「おおー、遊びに来てくれたのかな？」

「カァー」

そこには、三体のモンスターがいた。

ツノが片方しかないグレーっぽい鹿と、鹿にまたがってご機嫌な見た目幼女のドリアード。

その少し後ろに、心細いのか鹿の尻尾を掴《つか》む下半身蜘蛛《くも》で上半身女性のアラクネである。

いまは絶黒の森の北部に生息する、三体のモンスターだ。

二人と一羽に挨拶するかのように、鹿の上の幼女はしゅたっと両手を上げた。

「こんにちは。みんな元気そうだね」

「呑気《のんき》かよコータぁ！　『元気そうだね』じゃなくて！　三体とも街が大騒ぎになるレベルのモンスターだからな!?　いや平和な関係性だからそれでいいのかもしれないけども！」

頭を抱えたアビーの悲嘆は、絶黒の森の木々に吸い込まれていった。

「北側で何か問題があったのかな？」

「カァ？　カァー」

アビーの嘆《なげ》きをよそに、コウタはドリアードに質問する。

幼女――ドリアード――がふるふると首を振って、すっと前方を指差した。

ぷくっとした指の先にあるのは精霊樹だ。

「えーっと、遊びに来たってことかな？　精霊樹に挨拶？」

ふたたびコウタが問いかけると、幼女はコクッと頷《うなず》いた。

ドリアードはれっきとしたモンスターなのに、すっかりコウタと意思疎通できている。さすが【言語理解ＬＶ．ｅｘ】。

「じゃあ伐採はいったんここまでにして、みんなで広場に行こうか」

コウタは手にしていた黒い剣を腰の鞘《さや》にしまった。

鹿の背後にいるアラクネがホッとした表情を見せる。

伐り倒した木はそのままにコウタが歩き出す。

肩にカークが止まって、ちょっと離れて斜め後ろを鹿＆幼女のペアが歩く。

アラクネは「できればついていきたくないけど仕方ない」とばかりに、鹿の尻尾を掴んで最後尾だ。

いや。

「アビーはどうする？　ここで鑑定魔法の研究を続けてく？」

「そうだなオレはここに一人残って――じゃなくて！　ついていくに決まってんだろ！　というかボスモンスターが群れで来たのに、あっさり受け入れすぎだろコータァ！」

「いやあほら、『いつでも遊びにおいで』って言ったからさ。それにこうやって意思疎通できるし、平気かなあって」

「それは！　そうだけども！」

うがーっと頭を抱えながら、最後尾に逸脱賢者のアビーが続く。

常識から外れた発想や理論で「逸脱」賢者と呼ばれたのに、絶黒の森での出来事は軽々とアビーの常識を超えていく。

原因はだいたいコウタである。あとカーク。

ともあれ。

二人と一羽は、三体を連れて中心部に戻った。

切り株のイスやかまどが並ぶ、精霊樹と小さな湖のほとりの広場へ。

×　×　×　×　×

「なんだろ、あれが挨拶、なのかな？」

「さあ、さすがに『逸脱賢者』だからって、精霊樹と植物系モンスターの交流方法なんて知るわけねえからな。クルトはどうだ？」

「我もわからぬ。だが、魔力が流れ込んでいるのは確かであるな。魔力以外も動いているようなのだが……」

「こうして見るとほんとちっこいだな！　強力なモンスターとはとても思えねえだ！　見た目だけは、だども」

コウタが案内した三体のモンスターは、精霊樹に向かってそれぞれ挨拶した。

ドリアードはぴとっと幹に抱きついて、アラクネは体を丸くして、希望の鹿《ホープネス・ディア》はヒザを折って頭《こうべ》を垂れる。

形式はともかく、それぞれ敬意を払っているのは確かなようだ。

「強力なモンスター、かあ。ねえアビー、みんな模擬戦に参加してくれないかな？」

「おいおい何言ってんだコータ。ボスモンスターがルールを理解して戦ってくれるわけねえだろ？　殺《や》るか殺られるかしかねえんじゃねえか？」

「カァッ！　カァ、カアー」

「ほんと？　ありがとうカーク。なんか三体とも乗り気みたい」

「やってくれんのかよ！　というか理解できるのかよ！　ちゃんと相手を殺したり大ダメージ与えないように——まあ、慣れるまでは相手考えりゃいいか」

「うむ。ではまず我がアンデッドに模擬戦闘の相手を務めさせよう」

「クルト、最初は俺がやるよ。ほら、俺は【健康】だし」

「コ、コウタさんもみんなもすごいだな……おら、このモンスターたちに勝てる気がしないだ」

「荷運び人《ポーター》は戦えませんからね、僕は応援してます！　がんばってくださいディダさん、みなさん！」

乗り気だった三体のモンスターは、最初の相手がコウタだと聞いてすっかり腰が引ける。

じりじりと後ずさり、最終的には幼女と女性の上半身にぐいぐい押されて鹿が残った。

「よし、じゃあやろうか！」

「コータ、黒い剣はなしな。あれ使って当てたらスパッと斬り落としちまう」

「了解。あれ？　けどあの剣は鹿のツノからできてるわけで。希望の鹿《ホープネス・ディア》のツノはそのままでいいの？」

「んー、とりあえずコータとの戦いを見て考えようぜ」

「そっか、俺なら怪我《けが》しないしね！」

余裕である。

鹿の攻撃では傷つかないことはもう何度も証明済みであった。

ボスモンスターを相手にしないほど強いわけではなく、女神から【健康】を授かったので。

コウタが広場の中央に進み出る。

鹿はすっかり後ろ足体重で、顔を地面に近づけて引きつった表情だ。

「木剣ではコウタ殿に有効な攻撃手段がないのではないか？」

「たしかに。勝敗の判定はどうするかねー。有効打が入ったか、疲れたらそこまでってところか」

「【健康】なコウタ殿は疲れないのではないか？　時間を決めた方がよいであろうな」

「んじゃそうするか！　オレもやりたいしな！　ダンジョン攻略も北の探索も美味《おい》しいところ持ってかれたかんな、『逸脱賢者』の実力を見せてやる！」

「カアッ！」

「おら、強くなりてえだ！　みんなを守れるぐらいに！」

「我は見学していよう。必要であればアンデッドを喚《よ》ぶのみとして」

「その時は頼むぜ、クルト」

「うむ、任せよ」

アビーたちの呑気な会話の間に、コウタと希望の鹿《ホープネス・ディア》の戦闘ははじまっている。

鹿の突進も噛《か》みつきも蹴りも、コウタに当たっているのに無傷だ。

鹿がヤケクソになって捨て身の体当たりをかましても無傷だ。攻略の糸口が見えず半泣きだ。

一方で、木剣を手にしたコウタの攻撃も効かない。

ある時はさっと飛び退《の》かれて、ある時はツノで受けられる。訓練の成果で多少はサマになっているが、コウタにはまだ【剣術ＬＶ．１】さえついていない。

モンスターがはびこる絶黒の森で生活してきたが、コウタの剣は強力なモンスターにはまだまだ通用しないようだ。少なくとも、いつもの鹿ツノ剣でなければ。

もしコウタが【健康】でなければ、コウタの異世界生活はあっさり終わったことだろう。神様様々《さまざま》である。


精霊樹と小さな湖のほとりの広場では、いまだ激戦が繰り広げられていた。

「えいっ！　やあ！　うぐっ、ふあ！」

「カアッ、カァーッ！」

「おおー、すごいねディダ。強くなってる気がする」

「間違いなく強くなっているであろうな。でなければ、巨人族《ギガント》が一人で希望の鹿《ホープネス・ディア》を抑えられるわけがあるまい。ふむ」

「ディダ、そのまま離されんな！　ソイツは突進と、ツノ以外はたいしたことねえ！」

「すごい、すごいですディダさん！」

模擬戦の参加者はコウタ、カーク、アビー、ディダ。

対するはドリアード、アラクネ、希望の鹿《ホープネス・ディア》。

訓練のため一対一で、組み合わせを変えて何度も繰り返している。

参加していないのは荷運び人《ポーター》で非戦闘員のベルと、モンスターの観察に集中したいと見学を申し出たクルトだ。

その二人――一人と一体？――は、広場の脇に座って応援していた。

いまは最終戦。

身長三メートルを超える巨人族《ギガント》のディダ対希望の鹿《ホープネス・ディア》の戦いである。

ちなみに最弱決定戦である。

ディダはともかくとして、希望の鹿《ホープネス・ディア》には鬼気迫るものがあった。ビリは嫌らしい。あるいは、背後でむすっと見つめている、ドリアードとアラクネのプレッシャーのせいか。

「あの、アビー。希望の鹿《ホープネス・ディア》ってすごい強いって言ってたよね？　対抗できるディダも強いんじゃ」

「だな。巨人族《ギガント》の身体能力に、日常的な精霊樹の実《アンブロシア》の摂取による魔力のかさ上げ。それに最近はがっつり訓練してんだ、そりゃ強くもなるだろうよ」

「はあ。俺もがんばらないとなあ」

希望の鹿《ホープネス・ディア》が変異する前の絶望の鹿《ホープレス・ディア》は、「遭遇したら生きて帰れない」と認識されるモンスターだった。

それがさらに強化されたのに、ディダは対抗できているのだ。

いくら模擬戦で、たがいに「相手を殺す・致命傷を与える」攻撃を控えているとはいえ、大健闘である。

だが。

「わっ、わわっ！」

鹿に押し込まれたディダは尻もちをついた。

低くなった頭にツノを向けて希望の鹿《ホープネス・ディア》が止まる。

「おっ、勝負ついたな」

ぼそりとアビーがつぶやく。

審判役はいなくても、三体のモンスターはみな勝敗を理解していた。もちろん、今回も。

薄氷の勝利をあげた希望の鹿《ホープネス・ディア》は、首をそらしてひょえーと鳴いた。かわいくない勝どきである。

「うう……おら、誰にも勝てなかっただ……里で一番小さかったおらはやっぱり弱いんだか……」

「そんなことないよディダ！　いまアビーとも話してて、鹿に対抗できるディダはすごいって！」

「そうそう、まわりは気にすんなって。ちょっとおかしすぎるからな。もしディダが帝国にいたら、前衛役としてスカウトしてたところだぞ？」

「それに、ディダは木工や漁なんかで活躍してくれてるから。落ち込むことないって」

「うう……コウタさん……みんな……」

ディダがぐずぐずと泣き出す。

負けたことよりも、コウタたちの慰めが嬉しいらしい。

慰めというか、純粋に強さも器用さも評価されているのだが。

「俺も、あの剣なしで戦ったら勝てなかったんだ。一緒に鍛えていこう」

「んだべな！　ありがとう、コウタさん！」

コウタが肩に手を置くと、ディダはぐしぐしと涙と鼻水を拭《ぬぐ》って笑顔を見せた。

素直な女の子——素直な二人である。

「クルトは別枠として、一番強いのはアビーかな？」

「そうとも言い切れねえぞコータ。いまのは平らで何もない広場での戦いだからな、森の中でやったら、ドリアードやアラクネが勝つかもしれねえ」

「あー、なるほど」

「まあ、いつもの剣を使ったらコータの一人勝ちだろうけどな！」

ひと通りの模擬戦を終えて、コウタたちは夕飯の準備を進める。

三体のモンスターは精霊樹の近くにいた。

一勝しかできなかった希望の鹿《ホープネス・ディア》を、ドリアードがぺちぺちと励ますように叩き、アラクネがすうっと背を撫《な》でる。

たそがれた鹿は、喜びながらも嫌がるそぶりで二体から離れようとする。が、逃げられない。ドリアードもアラクネも拘束はお手のものである。

「戦う場所に状況。まあ模擬戦の場合は設定だけどな、それ次第で勝敗なんて変わっちまう。オレなんて、騎士団との模擬戦じゃ魔法で一発で終わらせたこともある」

「そ、それはまた」

「オレも若かったってことだな！　つまりまあ、ホントの戦いの時はいかに有利な環境に持ち込むかってことが大事なんだ」

「カアッ！」

「はは、たしかにね。広くて隠れる場所がないところでカークが戦ったら、今日のメンバーじゃ誰も勝てなかったと思うよ」

「オレもそう思うぞカーク。唯一、いくら攻撃を食らっても問題ねえコータに可能性があるけど、本気で飛ぶカークに攻撃を当てられる気がしねえしなあ」

「うん、無理じゃないかなあ」

コウタたちが驚いたことに、三体のモンスターとの模擬戦でカークは一敗した。

勝ったのはドリアードである。

自身の体から枝や葉を伸ばしたドリアードの防御を抜けなかったのだ。

また、カークが自身の最高速度にもっていくには広場は狭すぎた。

一方で、鹿はともかく同じ拘束系を得意とするアラクネには勝利した。

糸をかけて罠《わな》を張るアラクネにとって、木々のない空間は不利すぎたようだ。

ちなみに。

コウタは三引き分け。

カークは二勝一敗。

アビーは三勝。

ディダは三敗である。

「訓練、がんばろう。誰かより強くなりたいっていうよりも、この場所を守れるように。みんなを守れるように」

「さすが初代村長候補！　あとはアレだな、敵相手に『有利な環境』になるように準備しとくのも大事だな」

「たしかに。村の境界線は柵じゃなくて、壁とか堀とかの方がいいかもね」

「労力ならオレとクルトの魔法があるしな！　そのへんは、クルトに相談して考えてみようぜ」

「うん。…………なんだろ、ちょっとワクワクする。秘密基地をつくるみたいな」

「わかる！　わかるぞコータ！　せっかくなら気合入れてつくるか！　村の安全のために！」

「そうだね、そうしよう！」

「カアーッ！」

気勢をあげるコウタとアビーに、見まわりは任せとけ！　とばかりにカークも乗っかる。

モンスターがはびこる世界では、「健康で穏やかな暮らし」のために戦力は必須だ。

それと、安全を確保するための施設も。

コウタの引きこもりっぷりは、ますます強固になるようだ。街はまだ遠い。

✖✖✖✖✖

「じゃあみんな、元気でね。何かあったらまたおいでー」

「カァー」

「軽いなコータ！　まあ害はないってわかったからいいけども！」

けっきょく、やってきた三体のモンスターは、湖のほとりで一晩過ごした。

コウタをはじめとする面々を襲うでもなくおとなしく。

「おら、次に会う時までに鍛えておく！　今度は負けねえだ！」

「ふむ、では次の来訪では我も戦うとしよう」

「マジかよクルト!?　くっ、魔法使い枠としちゃ負けてらんねえな！」

「今度街に行った時に、お土産を買ってきますね！」

見た目五歳程度のドリアードが小さな手を振る。

アラクネの人間部分が一礼して、希望の鹿《ホープネス・ディア》は怯《おび》えがちにへこへこ頭を下げる。

そのまま、三体のモンスターは精霊樹と小さな湖のほとりをあとにした。

精霊樹に挨拶してコウタたちと模擬戦という名の交流をして、それだけで。

アビーが暮らしていた帝国や、ベルが買い付けに行く街の住人が聞いたら驚くことだろう。

「開拓もするけど、訓練の時間も増やした方がいいのかなあ」

「なんだかんだ勝ててるし、モンスターの危険はねえしな、いまのままでいいんじゃねえか？」

「コウタ殿が強くなりたいと言うのであれば、必要なのは実戦であろう。我のアンデッドと戦うか、北でモンスターと戦った方が身になるであろうな」

「はあ、なるほど」

「それなら金策にもなるしな！」

「たしかに。じゃあ、開拓を続けながら、タイミングを見て北側に行ってみようか。お金稼ぎもあるけど、精霊樹の苗木がどうなったか気になるしね」

「それもあったな！　くうっ、なんだここ、帝立魔法研究所にいた時よりも興味ある題材が多すぎる！」

「うむ、わかるぞアビー殿。気を抜くと、我も主題から外れた研究にうつつを抜かしそうである。刺激を受けるゆえ、無駄ではないのだが」

健康で穏やかな暮らしを送れる村にする。

それには、村の戦力もさることながら資金力も大切だ。

訓練の時間を増やすよりも、モンスター討伐の方が実利も大きい。

命のやり取りをする実戦の緊張感に加え、魔石や素材は街に持ち込めばいい値段で買い取ってもらえる。

コウタ、以前の絶黒の森北側探索とはまた違った意味で、北への討伐ツアーに乗り気のようだ。

「おら、がんばるだ。ひとつも勝てなかったから……」

「それは俺もだよディダ。ドリアードもアラクネも鹿も、ぜんぜん攻撃が当たらないんだ」

「はっ、そりゃあの三体はボスクラスだかんな！　いくら模擬戦だって、ソロで戦いになったらすげえんだよ！」

乗り気なのはコウタだけではない。

みんなと精霊樹を守ると誓ったのに、三体相手に一勝もできなかったディダも鍛えることに前向きだった。

【2】

三体のモンスターが帰っていった翌日。

コウタはいま、自ら開拓して耕した畑の前にいた。

「ちょっと緊張するなあ」

「カァー。カァ？」

「ひさしぶりってこともあるけど……イチからつくった畑だし、異世界だし、ほら、働いた成果だから……」

「カアッ！」

くよくよ考えてねえで気合い入れていくぞ！とばかりにカークが威勢よく鳴く。

肩に止まったカークに励まされて、コウタはそっとカークの羽を撫でた。

「あんま緊張するなってコータ！　瘴気《しょうき》渦巻く『絶黒の森』で作物を育てるなんてダメでもともとなんだからよ！」

「そうです、ダメなら僕が街から食べ物を運んできますから！」

「里の畑より立派に成長してる気がするだ。きっと芋もなってるべ！」

「なってはいるであろう。だがすでに植物は変異している。さて、この地で実はどのような変化を見せるのか。興味深い」

一人と一羽の背後から仲間たちの声がかかる。

アビーはコウタの緊張をほぐそうとして、ベルは失敗していた時も気にしなくていいんだとフォローする。

ディダは純粋に励まし、クルトはじっと葉や蔓《つる》を見つめる。

五人と一羽。

それぞれやることはあるのに、今日は誰が言い出すともなく畑の前に全員が集まった。

「じゃあ、はじめようか。最初の、本格的な収穫作業を！」

「カアッ！」

なにしろ今日は、コウタが開拓して耕して手入れした畑の収穫の日なので。

これまで何度か、異常がないかどうか芋を掘り出してみることはあった。

あと変異した植物が自ら、もしくはコウタに引っ張られて収穫されることはあった。

だがそれは一部だ。

今日は、畑すべての作物を収穫する予定になっていた。

気合いを入れ直したコウタの腰紐《こしひも》が宙に伸びてうにょうにょ動く。

イビルプラントである。

コウタの魔力が気に入ってすっかり懐《なつ》き、いまでは作物の生育状況を教えてくれていた。畑育ちなのに。仲間殺しではないのか。まあ、寄り添った方が繁栄すると納得した共生関係なのだろう。たぶん。

コウタがゆっくり畑に近づく。

畝《うね》の前でかがむと、カークはさっとコウタの肩から飛び降りた。

腰紐の指す場所に手を近づける。

素手で土をかきわける。

掘っていく。

カークは掘り返された土にちょこちょこクチバシを突っ込む。

コウタの手に固い感触が当たった。

土を掘るペースが速まる。

あらかた見えたところで、コウタはごそっと引き抜いた。

「おお、おお……」

汚れた手で、土まみれの芋を見て打ち震えるコウタ。

芋が貴重だからではない。

ベルが街へ買い出しに行った際には、食料として大量に持って帰っている。

「カァー。カア」

「ありがとう、カーク。こんな俺でも、やれることはあるんだね」

この世界で目覚める前、コウタは半引きこもり生活を送っていた。

激務から心身の調子を崩して、ただ日々を過ごしていたのだ。

【健康】を授かってからは開拓や探索、モンスターの討伐まで送っていたが——実家が農家だったコウタにとって、作物を育てて収穫するというのは、特別なものがあったのだろう。

涙ぐむコウタに、カークは寄り添って鳴いた。

「よし！　どんどんやっていこう！　ゆっくりやったら日が暮れちゃうからね！」

「カァ？　カアッ！………カ、カァ？」

宣言したコウタに、その意気だ、とばかりにカークが吠《ほ》える。

だが、そのカークがすぐに戸惑った声をあげた。

なにしろ、コウタの取った行動が理解不能だったので。

一株を掘り終えたコウタは立ち上がった。

腰紐がわりのイビルプラントを軽く叩く。

と、イビルプラントがにょーんと空中に伸びる。

なんらかの合図だったのか、畑からうねうねと蔓が伸びてきた。

四方八方からコウタに絡みつく。

あっという間にコウタの体は植物に覆われた。

「お、おいコータ！」

「危ねえだコウタさん！　魔力を吸われて干からびちまうだ！」

「コウタ殿は【健康】なのだ。心配いるまい。心臓に悪い光景ではあるが……あ、我心臓なかったわ」

「よし、そろそろいいかな？」

動揺する周囲をよそに、コウタは呑気だ。

女神から授かった【健康】な体は、怪我も病気もしない。

コウタの生命にかかわるほど魔力や生気を吸われることはない。

伐採中に木が倒れてきても潰《つぶ》されることはなく、それどころかコウタには「拘束」も効かなかった。つまり――

「よいしょっと」

――コウタが歩き出せば、引っ張られるのは蔓の方だ。

蔓にまみれたコウタが畑から離れていくと、土からぼこぼこと芋が出てくる。

引っ張ってもちぎれないのは異世界の植物ゆえか。そもそも蔓が動いているぐらいだし。

三人の口があんぐり開く。一体の顎骨《あごぼね》が外れる。

コウタが三人と一体の前を通り過ぎてしばらく行ったところで、土から出てくる芋がなくなった。

収穫しきったらしい。

「おー、やっぱりできた！　いやあ、この世界の収穫作業って簡単だね！　向こうじゃ一日仕事で大変だったもんなあ」

「『簡単だね！』じゃねえよコータ！　こんなことできんのコータだけだかんな！」

「お、おら、力仕事なら役立てるだ！って思ってたんだども……」

「じゃあ一緒に荷造りをお願いします、ディダさん！　あ、でも街には運ばないのかな？」

「短時間であればこの地でも活動できるであろうと、スケルトンを喚び出すつもりであったのだが……」

「カアッ！　カア、カアーッ！」

思いつきがうまくいってコウタは上機嫌だ。アビーのツッコミは届かない。

ディダとクルトが肩を落とし、ベルは荷運びの心配をする。

カークは掘り返された畑を興奮した様子で飛びまわる。オヤツタイムである。

「カラス麦の方はどうしようかなあ」

四人と一体と一羽がそれぞれの反応を見せる横で、コウタはさくっと蔓をほどいてカラス麦の畑に向かう。

この世界の収穫作業は、コウタとカークとアビーがいた世界の収穫作業とまったく違うようだ。

機械の有無ではなく、魔法とスキルがもたらす理不尽さによって。

「じゃあ、いきまーす。こっちはどうかなあ」

「カアッ！　カァ、カァーッ！」

気の抜けたコウタに、カークが気合い入れ直せ！　とばかりに鳴く。

地面をぴょんぴょん飛び跳ねてバッサバッサと羽をバタつかせる。

もう一つの畑に植えられているのはカラス麦だ。カラスのカークのテンションは高い。そもそも元の世界のカラス麦とは違うはずなのに。

「よいしょっと」

カークの興奮をよそに、コウタはひと束のカラス麦を刈った。

荷運び人《ポーター》のベルが街で買ってきた農具を使って、ではない。

コウタが手にしているのは黒い直剣である。

大木さえ一刀で伐《き》り倒す鹿ツノ剣は、カラス麦をスパッと刈り取った。

「おお……ちゃんとなってる……」

手にしたひと束のカラス麦を、コウタがぼうっと見つめている。

木々を伐り倒した。

耕して畑にした。

手入れをしてきた。

会社を辞めて以来、漫然と日々を過ごしていたコウタにとって、自分で育てた農作物の収穫は特別なものであるようだ。

「カアッ！　カァ、カー、カアッ！」

カークは、コウタの手からこぼれ落ちたカラス麦をついばんではわめいている。お気に召したらしい。

一人と一羽がそれぞれの反応を見せる横で。

「今度こそ収穫を手伝うだ！　里では収穫はみんなでやるものだったべ！」

「僕はみなさんが刈ったものを運んでいきますね！　【運搬】は任せてください！」

「ふむ。人手が必要であればスケルトンを召喚しよう。清浄なこの地ではすぐに朽ち落ちるであろうが、短時間ならば問題あるまい」

「はっ、必要ねえよクルト！　オレが〈空間斬《ディメンションカット》〉でスパッといってやる！」

巨人族《ギガント》のディダ、荷運び人《ポーター》のベルにワイトキングのクルト、『逸脱賢者』のアビーが張り切っていた。

なにしろ、三人と一体、全員が芋の収穫では出番がなかったので。

「北の探索じゃあんま活躍できなかったからな！　どいてろコータ！」

「あっうん。そうだ、俺ごとやっていいよ。あ、カークは避けておいてね」

「カァー」

「平気平気、俺は【健康】で怪我しないから」

「カァ、カァ………」

「横着すんなコータ！　何があるかわかんねえんだからどいてろって！」

呆《あき》れたカークのフライングキックとアビーの注意に、コウタはのそのそと移動する。

コウタが畑から退いたのを確認して、アビーが杖をかざした。

「いくぜ、〈空間斬《ディメンションカット》〉！」

アビーの気合いとともに、見えない魔法が飛ぶ。

今回は斬るものが斬るもののため、どのあたりを飛んでいるかわかる。

なにしろ、手前からカラス麦がバタバタ倒れていくので。

『逸脱賢者』の空間魔法により、畑になっていたすべてのカラス麦が刈られる。

小さな畑とはいえ、たった一発の魔法で。

「おおー！　すごいよアビー！　あっという間に刈れた！」

「カアカアッ！」

「むう、また我とアンデッドの出番はなかったか……」

「げ、元気出すだクルトさん！　おらも何もしてねえけども……力仕事だから、巨人族《ギガント》のおらは役に立つかなあって、里では一番小さくて役に立たなかったけどここならって……」

「この世界の収穫作業は案外簡単なんだなあ」

「順応早いなコータ！　自分で言うのもなんだけどよ、これ普通じゃねえからな？　さっきのコータのもおかしいからな？」

「すごいですアビーさん！　落ちた穂は僕が運びますね！」

「おらも！　おらも手伝うだ！」

「ありがとうベル、ディダも。何もしなかったからね、俺もやるよ」

「うっし、オレもやるぞ！　自分で刈った麦だ、最後まで面倒みねえとな！」

「カァ？　カァー」

アビーの刈り込みに、ぽかんとしていた一同が動き出す。

落穂《おちぼ》拾いである。微妙に違う。いや、落ちた穂を拾うという意味では間違っていないが。

カークは、ぜんぶ俺のじゃねえのか？　と残念がっていた。

「やっぱり、名前は同じでもだいぶ違うかな？　元の世界のカラス麦より麦っぽい。このあとはどうするんだろ」

「んー、だいたい同じじゃねえのか？　なんとかして実を外して、脱穀？して」

「殻を外すのは干してからみたいだね。ベルが聞いてきてくれたよ。……天日干しなのか陰干しなのか」

　コウタが頭を悩ませる。

腰紐――イビルプラント――がうねうね動いて日向《ひなた》を指す。

農業経験の少ないコウタたちよりも、モンスターの方が知識があるらしい。同じ植物だからか。

それでいいのか。

「うう……里じゃコレは育ててなかったからわからないけども、おらなんでもやるだ！」

「ありがとうディダ。けど、ディダは午後からが本番だからね、がんばって！」

「カアッ！」

張り切っていたのに思いのほか役に立たなかったせいか、ディダはすっかり落ち込んでいた。

大きな手で大量の穂を集められるため充分戦力になっているのだが、本人の気持ちの問題である。

だが、今日はこれで終わりではない。

初の本格的な収穫は午前中に。

午後は、また別の作業を行うことになっていた。

【3】

午前中に畑の収穫を終えて昼食を摂ったコウタたちは、小さな湖のほとりに集まっていた。

「ディダ、ほんとにいいの？　一生懸命作ってたのはディダなのに」

「漁の新しい道具を最初に使うのは里長《さとおさ》だっただ。だから、最初はコウタさんに乗ってほしいだ！」

「……ありがとう」

「カァー」

「まあコータが適任だろうな。何かあってもコータなら無事なわけで。それに、ディダは大きすぎて乗れねえんじゃねえか？」

「おらが、おっきい……うぇへへへへ」

三メートル超の体をくねくねさせて照れるディダ。

巨人族《ギガント》の里では一番小さかったそうだが、コウタやアビー、ベルにクルトよりはるかに大きい。

カークは比較するまでもない。態度は大きく心は広くともカークはカラスなので。

ディダに勧められて、コウタはあらためて横の物体を見下ろした。

全長は八メートルほど、横幅はおよそ二メートル。

丸太をくり抜いた、単純な構造の木製の舟。

いわゆる「丸木舟」、もしくは「カヌー」である。
コウタが伐り倒した大木をベルが運び、ディダがコツコツ削って形を整えたものだ。
ちなみに、普通の刃物で削れるようにそれほど黒くなっていない木を使っている。瘴気を吸って黒く変異した木材の加工はいまだにコウタたちの課題となっていた。

「コウタ殿の【健康】はどこまで健康なのであろうか。健康な者でも溺れる時は溺れるであろう。だが溺死しては『神から授かった【健康】な体』とは言えまい」

「たしかに！ってクルト、それじゃコータが溺れることを期待してるみたいだろ！　そりゃ俺も気になるけども！」

「なに、いざとなればこの身を湖に投じよう。清浄な水ゆえダメージは避けられまいが、我が溺れ死ぬことはないゆえな」

「おーそりゃ安心だ、ってなるか！　ま、まあコータはオレを助けに泳いでたからな、何かあっても大丈夫だ。大丈夫なはずだ」

カヌーを押して浅瀬に浮かべたコータとディダをよそに、クルトとアビーは不謹慎な会話で盛り上がっている。
なおベルは午前中に収穫した芋とカラス麦の処理のためここにはいない。多少なり農作業の経験があるため自ら買って出た形である。

「カアッ！」

「おー、張り切ってるねカーク。【導き手】としてがんばってくれるのかな？」

「カァ？　カアッ！」

「はは、そうやって羽を広げてっとフィギュアヘッドみたいだなカーク」

「フィギュア……？　カークはオスだけど……」

「コータが想像してるヤツじゃなくて船首像のことで、そもそもフィギュアの方は男のヤツもあるだろ」

「ああ、船の先についてるヤツ！……でもカラスの船首像ってあるかな？　不吉っぽい感じが」

「カア！　カァ、カアッ！」

「ごめんごめん、カークのことじゃなくて一般的にね。船乗りってゲンを担ぐイメージあるし」

コウタとカーク、アビーはいつもと変わらない。

呑気な会話を続けながら着実に作業を進めていく。

ただ一人、ディダの表情が硬い。

「だ、大丈夫だべか……おらが作った舟で、みんなの役に立てるべか……」

「もう充分役立ってくれてるよ。ありがとう、ディダ」

「コウタさん……」

「それにほら、舟がどうなったって俺は平気だからさ。ダメだったらまた試せばいいよ」

「いやコータ、平気かどうか怪しいかもって、いまクルトと話してたところでな」

「よし、じゃあいくよ！」

「あっ、おいコータ！」

アビーの制止もディダの緊張も気に留めず、コウタが浅瀬に浮かんだカヌーに乗る。

ディダが押さえていたおかげか、バランスを崩すことなく無事に乗り込めた。

コウタが乗ってもカヌーは浮いたままだ。

「おー、すごい！」

「カア、カアッ！」

感嘆の声をあげるコウタの前方で、舳先《へさき》にいたカークが鳴く。まるで、喜ぶのはまだ早い、本番はこれからだぜ！とでも言っているようだ。

カークの声に従って、コウタはカヌーの中にあったオールを手に取った。

ディダが舟から手を離したことを確認して、コウタがゆっくりオールをこぐ。

右、左。

バランスを取りながらこぐと、カヌーは悠々と進んでいく。

シャンパンもくす玉もテープもない。

船名を隠す垂れ幕もない。

静かな進水式である。

そもそも水が漏れないか試すため、何度かカヌーを水に浮かべている。厳密には「進水式」でもない。

「こんなところでいいかな。最初から深いところで試したら大変だからね」

「カァ」

「うん、じゃあやってみるよ」

岸から五メートルほど離れたところで、コウタはカヌーの中にオールを置いた。

かわって、足元をごそごそと探る。

後方ではディダが心配そうな眼差しで、揺れるカヌーを見つめている。

コウタが取り出したのは、ディダ作の投網だった。

いつも使っているモノではなく、カヌー用に作った小型の網だ。

「おっ、これは、なかなか、バランスが」

「カア、カァカアッ！」

「ん、よし。せーの、せっ！」

座ったままで腰をひねると、カヌーはぐらぐら横揺れする。

カークは舳先で羽を広げた。舟のバランスを取っているつもりなのか。意味はない。軽いので。

しばらく悪戦苦闘したのち、コウタは湖にさっと投網を投入した。

ディダに何度か教わったとはいえ、素人ではうまく投げられず、網は空中で形を崩す。

だが、それよりも。

「わわっ！」

「カアッ！」

コウタの体重移動でバランスが崩れて、カヌーが横回転する。

コウタは、湖に投げ出された。

カヌーは右へりが湖面について、横向きになって浮いている形だ。ヨットで言うところの半沈《はんちん》である。

「うわ、わっぷ！」

「コウタさん！　いま助けに行くだ！」

泳げるはずなのに、湖に落ちたコウタはバシャバシャもがいている。

すぐ近くで横半分を湖面に浮かべたカヌーに掴まる様子もない。

カークは半分浮いた側のへりで、ぴょんぴょん飛び跳ねてはバサバサ羽を広げている。

「落ち着けディダ、コータは泳げる。いまは驚いて暴れてるだけで、不用意に近づいたらディダまで溺れて」

「むっ。マズイのではないかアビー殿。コウタ殿の体に網が絡まっておるような」

「……は？」

「カアッ！」

「や、やば！　わっ、ごほっ」

コウタ、自分で投げた網に捕らわれたらしい。運がない。

魚を捕らえるための網は、もがけばもがくほどコウタに絡まっていく。

いくら泳げるといっても、体を動かせなければ浮いていられない。

まして、網には重りもついているので。

「待ってろコータ、いま行く！　風魔法で水面を走ってまわりごと――」

「アビー殿、近くまでは我が飛ばす！　アビー殿はコウタ殿を浮かせる準備を――」

「コウタさん！　がんばるだ、もうすぐ手が届くからおらに掴まって――」

アビーとクルトが分担して魔法を行使して、すぐ湖をかき分けていったディダがコウタへ手を伸ばした、ところで。

「あ、あれ？」

　コウタの体がスムーズに動く。網は絡まっているのに。

　泳いでいないのに浮く。服は濡《ぬ》れ、網に重りがついているのに。

　コウタはぽかんと口を開けて、とりあえず半沈したカヌーに掴まった。

「えっと……」

「カァー」

「コ、コウタさん？…………無事でなによりだべ！　今度からは長《おさ》じゃないでおらが一番に試してみるだ！」

「【健康】は拘束もされぬし、溺れもせぬか」

「なるほど【健康】だもんな！　ぁぁぁあああああ！ってそんなんで納得するか！　理不尽すぎるだろスキル！　どうなってんだこの世界！」

　小さな湖のほとりに、アビーの嘆きが響く。

　コウタの【健康】は、理不尽なレベルであるらしい。なにしろアビーの鑑定魔法では測定不能で、便宜的に【ＬＶ．ｅｘ】とつけたほどなので。

「ふう。溺れるかと思ったけど、大丈夫なものだねー」

「カァー」

　ざばざばと湖からあがってきたコウタが安堵《あんど》の息を吐く。

　濡れた肩に止まったカークは呆れ声だ。

「『大丈夫なものだね』って！　もうちょい焦《あせ》れコータ！　いくら【健康】だからって溺れるかもしれなかったんだぞ！」

「いやあ、【健康】もあるけど、俺は泳げるしさ、なんとかなると思ったんだ」

「ちょっとじっとしててほしいだ、コウタさん」

呑気なコウタを前に、ディダは大きな体を小さくする。

コウタに絡みついた網をせっせと外す。

「ふむ、丸木舟は安定せぬか。船は難しいものであるな」

半沈したカヌーは、コウタの手で湖岸に戻された。

そのカヌーを見ながらクルトがブツブツ考え込んでいる。

「浮くのは間違いないから、並べてイカダにした方が安定するかな？」

「ほぼ波がねえ湖だからな、それでもいいかもしれねえ。それか、ボートみたいに浅くて平たいつくりにするか？」

「んー、カヌーで何かあったような……あ！　ほら、横に何かつけるのはどうかな？」

「横？　コウタ殿が言いたいのは、側面に重りをつけて安定させるということであろうか？」

「そういうんじゃなくて、えっと、もう一つ小さなカヌーみたいのをつなぐ感じの……」

「ああ、アウトリガー！　そんな手もあったな！」

「本体ではなく補佐する機構を外につける。ふむ……それは応用できそうな……くはは っ、やはりコウタ殿やアビー殿はひらめきの宝庫である」

「カァー」

コウタもカークも、アビー、クルトも船は専門外だ。

ディダが育った巨人族《ギガント》の里では船を使っていなかったらしく、ディダも詳しいところは知らない。

湖で釣りをするにはどんな形が安定するのか、コウタとアビー、クルトはわいわい話し合う。

だが——

「これは便利だべ！　これさえあれば、おら、もっと沖の方で漁ができるだ！」

「ああうん、ディダがいいんならいいんだけどな……オレたちの努力……」

「大規模な漁業をやるのでなければあれが合理的であろうな」

「ほ、ほらアビー、クルトも！　考えたことはムダにならないから！　それに、小舟はあった方がいろいろ使えるだろうし！」

——ディダは、コウタが半沈させた不安定なカヌーで、漁をしていた。

カヌーを湖に浮かべて、ディダが泳ぐ形で。

素潜り漁である。

「これ、必要なのはたらいだったかも。……海女さんかな？」

「ま、まあそこはほら、たらいって案外作るの大変だろ？　たらいが作れるならもうちょい複雑な船も作れそうな気がするしな！」

せっかくのカヌーがカヌーらしからぬ使い方となって、コウタとアビーは複雑な表情だ。

クルトは「アウトリガー」の発想を自身の研究に活かすべくすっかり考え込んでいる。

カークは、カヌーに止まってディダの活躍を見守っていた。

もしくは、ディダの漁果を狙っていた。

「また獲《と》れたべ！　これ、食べられるといいべなあ。海のヤツなら食べられるんだどもなあ」

水面に浮き上がったディダが、手にした獲物をカヌーに放り込む。カークがじっと見つめる。

モリのない素潜り漁でディダが獲っていたのは、水底にいた貝だった。

「………海女さんかな？」

「魚ばっかり獲ってたら獲りつくしちまうかもしれねえからな、獲物を変えるのはいいことだ。いいことなんだ」

まだ食べられるかどうかはわからない。

それでも。

「船があるとずいぶん違うだな！　おら、これでもっと役に立てるだ！」

十数個の貝——新たな食材——を確保して、ディダは楽しそうにしていた。

カヌーの使い心地もいいようだ。カヌーらしからぬ使い方ではあるのだが、それはそれとして。

収穫した農作物に魚介、ベルが運んでくる荷物。

人里離れた「絶黒の森」での生活は、徐々に充実していっているようだ。

少なくとも、五人と一羽が暮らしていく分には不自由がないほどには。

なおクルトは別枠である。食事は必須ではなく嗜好《しこう》品なので。

【4】

初の本格的な収穫を終えた翌日、コウタたちは広場に集まっていた。

「へえ、こうやって料理するんだね」

「チーズが手に入れば、だけどな。運んできてくれてありがとよ、ベル」

「えへへ……街の近くの村で山羊《やぎ》を飼ってるって言ってました！　これからも、少しなら売ってくれるそうです！」

朝は簡単に済ませて、アビーは午前中のうちから料理の仕込みにかかっている。

調理しているのは、昨日収穫したカラス麦だ。

「けど、殻をはずしたらこれぐらいにしかならないんだね。主食にするのはしんどいかなあ」

「カァ？」

「収穫より下処理に時間がかかったしなあ。元の世界じゃどうやってたんだろ」

「魔法の存在しない世界か。やはり機械で処理したのであろうか？」

「どうかな、俺たちは詳しくないから」

「アビーさん、こっちの準備は終わっただ！」

「おう、ありがとうディダ。大きな手で魚の下処理こなすなんて、あいかわらず器用なこって」

「大きな……おらが………うぇへへへ」

「はは、嬉しそうだねディダ」

「そりゃあもう！　おらが漁をできて、木工にいろんな作業に、いろいろ役に立ってるって言ってもらえるし、それに、でっかい、里で一番小さかったおらをでっかいって」

かまどの横の調理台では、大きな体を小さくして、ディダが魚を処理している。

昨日獲った貝は、水を張った小鍋で砂抜き中だ。食べられるかどうかはまだわからない。

「うっし、だいたい用意できたかねえ」

「じゃあ、たき火の準備をしようか」

「おいおいコータ、たき火じゃねえぞ？　これは…………キャンプファイヤーだ！」

「え？　けど鍋をかけたり魚を焼くわけで、キャンプファイヤーとは違うんじゃない？」

「カァー」

「いやそうだけどよ……気分的にな……」

「あっごめん。そうだよね、今日は――」

コウタの無粋な言葉に、アビーががっくりと肩を落とす。カークも肩を落とす。肩はない。カラスに肩はないと思われる。

荷運び人《ポーター》のベルと巨人族《ギガント》のディダはきょとんとして、アンデッドのクルトは苦笑気味だ。

四人と一羽と一体が、広場に集まってみんなで飲み食いする。

いつもと変わらない食事ではあるが、コウタもアビーもカークも、今日は特別な日のつもりだった。

なにしろ、振る舞われるのは絶黒の森の畑で採れた農作物と、湖の魚介をメインにした料理なので。

「――初めての、収穫祭だからね！」

そう。

今日は、精霊樹と小さな湖のほとりで暮らすコウタたちの、収穫祭であった。

精霊樹の横の広場に、四人と一体が座る。

腰掛けているのは、ディダが整えた丸太イスだ。

カークはコウタのイスの隣に作られた止まり木で、ご機嫌に羽を広げていた。

「ほらコータ、出番だぞ」

「え、ええ……？　挨拶なんていらないんじゃないかな……それかアビーがやるとか……」

「どうしてですかコウタさん？　収穫祭のはじまりは村長が挨拶するものですよ？」

「んだ、巨人《ギガント》族の里でも、祭りは里長の掛け声ではじまるだ！」

「ふむ。我が暮らした研究都市に『収穫祭』はなかったが、慶事は最も上の人間が口火を切るものであったな」

「だろ？　ほれコータ！」

アビーが木のコップをコウタに手渡す。

コウタの鼻に、ふわっと甘い香りが届いた。

「アビー、これは？」

「ベルに頼んでおいた果実酒だ！　量はねえけどよ、まあ気分ってことで！」

「……アビーはまだ二〇歳になってないんじゃ」

「帝国の法では一五歳から飲んでＯＫだぞ？　郷に入っては郷に従えってことで、軽くなら飲酒は経験済みだ！」

「ならいいのかな……？」

「僕の村でも一五歳ぐらいからみんな飲んでましたよ？」

「収穫祭なんだ、かたいこと言うなって！」

「ま、まあ、こっちの法律でＯＫなら……」

元の世界との違いに、コウタがぼんやりと空を見上げる。

青い空に精霊樹の枝が張り出してさわさわ揺れる。

その隙《すき》にアビーが果実酒入りの木のコップを配る。

巨人族《ギガント》のディダにも同じサイズのコップが配られた。ディダが持つと小さく見える。

アビーはカークの前にもお酒入りのコップを置いた。

「えっ。カラスってお酒飲んでも大丈夫なの？」

「いちおうな、いちおう。ほら、カークはカラスでも、三本足で魔法も使えて一部のモンスターとも会話できんだ。大丈夫じゃねえか？」

「カアッ！」

「『はい』かあ。けど無理しないで、少しだけにするんだよ。俺も一口だけのつもりだし」

最後に、アビーは木のコップを精霊樹の前に置いて。

準備は整った。

「うし。じゃあコータ、一言お願いします！」

「うう、緊張するなあ……」

アビーに促されてコウタが立ち上がる。

丸く並んだイスの中心の、開いている空間におずおず進む。

緊張で硬くなったコウタを励ますように、カークが肩に止まる。コウタの頬《ほお》に体をこすりつける。

「えっと……」

広場の真ん中に立って、コウタはまわりを見渡した。

三人と一体の目がコウタに注がれる。

「こういう経験は初めてだから、それっぽいことは喋《しゃべ》れないけど」

「気にせずともよい、コウタ殿。ここには友しかおらぬであろう？」

「コータ、アレなら乾杯の音頭だけでいいって」

「『ふぁいと』です、コウタさん！」

「お、おらもあそこで喋るのは無理だなあ」

口々に気楽なことを言い出す仲間を前に、コウタは目を閉じていた。聞いていなかったらしい。

マイペースか。

「みんな、ありがとう。もし俺が一人だったら、いくら【健康】があっても生きていけなかったと思う」

「カァ？」

そうか？　とばかりにカークが鳴く。【健康ＬＶ．ｅｘ】への信頼度が高すぎる。あるいは、追い詰められたらコウタは行動すると思っているのか、それとも「俺はコウタを一人にする気はねえ」という決意の表れか。

「みんなだけじゃなくて、精霊樹も、鹿も、〈ワープホール〉で物資を送ってくれるアビーの家族も、ベルと取り引きしてくれてる街の人も。ほんとに、感謝してるんだ」

コウタは、目が覚めたら異世界にいた。

【健康】があったとしても、誰かが、何かが欠けていたら「健康で穏やかな暮らし」はできなかっただろう。

少なくともコウタはそう思っている。

コウタが伏していた視線をあげる。

収穫祭にもかかわらず、場はしんみりしてしまった。

ちょっと困ったように笑って。

「精霊樹と、湖と、みんなに」

木のコップを掲げる。

応じて、三人と一体も掲げる。

「それから……これからも、『健康で穏やかな暮らし』を過ごせることを祈って。『クレイドル村』に！」

「クレイドル村に！」

四人と一体の声が揃《そろ》う。鳴き声も入れれば一羽の声も。

「乾杯！」

四人と一羽と一体。

こうして、クレイドル村初の収穫祭がはじまった。

ちなみに。

クレイドル村の名付けは、コウタとアビーがいくつも候補を出し、ベルとディダとクルトが「この世界では悪い意味を持つ」名前を弾《はじ》いて、最終的にくじ引きとした。

箱に入った棒くじを選んだのはカークで、箱から引いたのはコウタだ。

傷ついた、あるいはワケアリの者たちがたどり着いた時に、健康で穏やかな暮らしを送れる場で

ありたい。再生するための『揺りかご』となる。

コウタの意図を汲《く》み取ったアビーの提案だ。ほかに終着点、安息、再誕、盆地、希望などを意味する言葉も選択肢にあったが、厳正なるくじ引きの結果、クレイドルとなった。

アビーが入れた「絶黒の森だしいっそ『絶望』で！」「『蜘蛛』の糸もいいな！」「『魔王』はいるのか。んじゃ『大魔王』か『隠しダンジョン』」などという悪ノリの名前にならなくて幸いである。

一人と一羽がこの世界で目覚めてから九ヶ月。

【健康】なコウタと【導き手】のカークが生活をはじめた絶黒の森の拠点は、この日をもって「クレイドル村」と呼ぶことになった。

もっとも、まだ小さな畑といくつかの簡素な家や倉庫があるだけの、「集落」レベルではあるが。

「うわっ」

「どうしただ、コウタさん？」

「ひさしぶりのせいか、ちょっとアルコールがキツく感じられて。俺はお酒強くないし」

「これ水で割った方がいいかもな。炭酸水がありゃそれでもいいけど」

木のコップに口をつけたコウタは渋い顔だ。

アビーは一口飲んで顔をしかめている。

「いっそ今度、精霊樹《アンブロシア》の果実で酒をつくってみるか？」

「ア、アビーさん。それ精霊樹の果実酒《ネクタル》になるべか？」

「ふむ。神酒《ネクタル》ともなれば、我は飲めぬであろうな」

一口で飲むのをやめたコウタとベルの酒はディダが受け取った。

アビーは水で割って、クルトはそのまま味わっている。

好んで酒を飲まない面々が乾杯に付き合ったのは、今日が祝いの席だからだ。

「アビー、様子はどう？」

「ん、いい感じだ！」

「じゃあ……」

「おう、準備ＯＫだな！　ほれ、ならべならべー！　配給だぞー！」

「カァー」

火にかけた鍋の中身をチェックしていたアビーがＧＯを出す。

「配給」の意味がわかったのはコウタだけだが、コウタがアビーの前に並ぶと、ベルもディダも続いた。足元にはカークも、行儀良くクルトも。

「おお、これが……俺が育てて、こんな料理に……」

コウタが、木の深皿を手にぷるぷるしている。

深皿の中には、白くどろっとした液体が注《っ》がれていた。

木のさじでかき混ぜる。

と、中から出てきたのは米のようなつぶつぶだ。

カラス麦である。

「ベルが山羊のチーズを分けてもらってきたかんな、そのまま食べるより絶対こっちの方がうまいだろ」

「すごいよアビー、もう匂いから美味しそう！」

「『カラス麦のポリッジ』って感じだな。ほらコータ、収穫に感動するのは食ってからにしろって」

「うん……」

目に涙を浮かべたコウタは、それでも全員にカラス麦のポリッジが行き渡るまで待った。

カークも、地面に置かれた特製の皿を前に「待て」ができている。賢いカラスである。

やがて全員にカラス麦のポリッジと、ふかした芋、毒性はないと確認した貝と魚のスープが行き渡って。

コウタは、おそるおそるポリッジを口にした。

「美味しい……俺が作ったカラス麦……芋も……」

ポリッジはともかく、芋はふかしただけだ。マヨネーズもバターもない。

それでも。

コウタは美味しい美味しいとうわ言のように繰り返し、グズグズ泣きながら味わっていた。

激務から体調を崩して、「充電期間」「休息」と自分に言い聞かせながらただ過ぎていく日々。

この世界にやってきて、【健康】な心と体で過ごしてきた日々。

仲間ができて、開拓して、畑をつくって、麦や芋を育てて。

やっと収穫した「活動の成果」は、格別に美味しかったのだろう。

コウタにとっては。

「カァ？　カァー」

大丈夫か？　よくやったな、とばかりに鳴いて、カークがコウタの肩に止まる。

黒い瞳で皿の中とコウタをチラチラ見ているのは心配しているからだ。コウタの食料を狙っているわけではない。たぶん。カラスだけど。

「よしよし、やっぱチーズがあってよかったな！　こうなると、ここでもなんか育ててえところだけど……」

「難しいんじゃねえべか？　家畜をここまで運んでくるのは大変だべ」

「すみません……僕、生きているものは【運搬】できなくて。ご先祖さまはできたそうなんですけど……」

「『スキル』とは不思議なものよ。ベル殿、たとえば家畜の入った檻《おり》はどうなのだ？　【運搬】できるのではないか？」

「おっ、それいけそうな気がすんな！　待てよ、それともオレの〈ワープホール〉を改良してみっか？　人と違って鶏とか山羊なら実験に失敗しても良心はそんなに痛まねえ」

「ア、アビーさんはすごいだな……おら、鶏も山羊も高いって聞いただ……」

「金銭の心配はいるまい。北のモンスターを倒して素材をはぎとっていいと聞いたゆえな。我が持つ書物を売らずとも、遠征すれば家畜分の金銭などすぐに稼げるであろう」

カラス麦のポリッジと芋、淡水魚介のスープ、精霊樹の実を漬け込んだ酒を味わいながら、クレイドル村の面々が会話する。

まあ、村長であるはずのコウタは会話に参加していないのだが。

あるいは、わいわい賑《にぎ》やかに話しているのは、コウタを思いやってのことなのかもしれない。

まわりが静かだと我に返ってしまうだろうから。

死の谷《デスバレー》を越えた先、絶黒の森の中に誕生したクレイドル村。

初の収穫祭は、和やかなものとなった。

みんなが料理に舌鼓を打って、一部はご機嫌に酒を堪能する。ちゃんとほどほどの酒量で。

村長のコウタだけは静かだったが、残る四人と一羽がそれで気を悪くすることもない。

むしろ微《ほほ》笑《え》ましく見守っていた。

コウタとカークがこの世界で目覚めてから九ヶ月。

コウタが目指す「健康で穏やかな暮らし」は、少しずつ実現しているようだ。

まだ「自称・村」で、集落と呼ぶにも厳しいレベルの人数だが。

エピローグ

人族が暮らす大陸の西。

かつての西部開拓時代の熱狂は消えて、いまでは細々と人々が暮らすのみ。

大陸東部の帝国や王国ではそう思われていた。

北部の海近くにはいくつかの街が存在するが、少し南に下れば街と呼べるのは一つしかない程度だと。

だが。

その最果ての街・パーストは、いまや西部開拓時代に負けずとも劣らない熱をはらんでいた。

強力なモンスターの素材が、純度の高い大きな魔石が、定期的に取引される。

新素材を前に鍛冶《かじ》師が腕を振るい、生み出された武器や防具が冒険者たちに売れていく。

見たこともない布や装飾品がどこからか流れてくる。

街は西部開拓時代の活気を取り戻していた。

原因はただ一つ。

最果ての街よりさらに西。

天然の迷路とモンスターが行く人を阻む死の谷《デスバレー》を越えた先。

そこに、新たな開拓地が発見されたのだ。

モンスター以外は住むことができないと考えられていた、瘴気《しょうき》渦巻く絶黒の森の真っ只中《ただなか》に。

ただし。

腕利きの冒険者や数多《あまた》の兵、歴戦の傭兵《ようへい》、旅慣れた商人を揃《そろ》えても、たどり着けるのはひと握りだという。

最初にその地の噂《うわさ》が流れはじめてから一〇年。

いまや伝説となりはじめた開拓地に、一人の男がいた。

「よし。今日はこれぐらいにしておこうか」

「カァ？」

「うん、さっきベルも通りかかったしね。村の様子を見に行こうと思って」

「カァー。カアッ！」

一羽のカラスもいた。

コウタとカークである。

「それにしても……畑、広くなったなあ」

「カァ、カアーッ！」

今日の畑仕事を終えたコウタは、腰に手を当てて周囲を見渡す。

コウタが中心になって開拓したエリアは徐々に広がり、あわせて耕した畑も広がっていった。

水路は湖から引かれて、畑はいまや住人が食べていけるだけの収穫量を誇る。

とうぜん、畑があるのは家の周辺ではない。

カークを肩に止めてコウタが歩き出す。

均《なら》された土の道を歩くこと二〇分ほど。

「カアッ！」

「わかるわかる。何度見ても嬉《うれ》しくなるよね」

コウタとカークの視界に入ったのは、水堀と木の柵、跳ね橋と門だ。

柵も橋も門も木製ではあるが、絶黒の森の木を使っている。

見た目より頑丈なのは、加工に苦労したディダと金属製品を手掛けたドワーフのお墨付きである。

攻撃する者がいるかどうかは別にして。

コウタとカークがこの世界で目覚めてからおよそ一〇年。

コウタが暮らす絶黒の森の拠点は大きく発展した。

居住ペースは柵や堀で守られた内側に。農地はその外に。

周辺の森は知性なきモンスターが駆逐されて、日夜カークが哨戒《しょうかい》に飛ぶ。

精霊樹と小さな湖のほとりの「クレイドル村」は、村と呼ぶにふさわしい規模になっていた。

一人と一羽からはじまったとは信じられないほどに。

「あっ、コウタさん！」

「おかえり、ベル」

「カァッ！」

「コウタさんも、おかえりなさい」

「それで、街はどうだった？　変わりない？」

「はいっ！　今回は商人さんも一緒に来たんですよ！」

「ああ、いつもお世話になってる人」

「こちらこそ、いつもお世話になっております。みなさまにはいい商いをさせていただいておりまして」

「いえいえ、こっちこそ助かってます。特に最初の頃なんて……ほんともう、頭が上がりませんよ」

コウタとぺこぺこし合っているのは、開拓初期からベルが取引してきた商人だ。

この地を訪れたがっていた彼がカークに導かれ、定期的に往来するようになってから久しい。

「カァー」

「はは、ごめんごめん、カーク。ベルはこれから交易所に向かうところ？」

「はいっ！　帰りも荷物を運んできたんです！」

「そうなんだ。荷運び人《ポーター》を活用してくれてありがとうございます」

「いえいえ、ありがたく利用させていただいています。これだけ運んでもらうのにあの料金でいいだなんて……」

「いやあ、空荷だともったいないし、ベルがやりたくてはじめたことですから」

せっかく止まったのに、コウタと商人はまたぺこぺこと頭を下げ合っている。腰が低い。

「それにしても、ベルは変わらないね」

「どうしたんですか、コウタさん？」

「畑や柵を見てたらなんとなく最初の頃を思い出しちゃって」

「もう一〇年前ですね！　変わったところもありますよ？」

「うん、まあ、たしかに」

「カア、カアッ！」

呑気《のんき》なベルと頷《うなず》くコウタにカークが鋭く突っ込む。

変わりすぎだろ、とばかりに。一〇年経《た》ってもカークの言葉は通じない。カークはカラスなので。

スキル【言語理解】持ちなのだが。

コウタと出会った時と比べても、ベルの見た目はあまり変わらない。

身長が伸びることもなく、無邪気な笑顔も、動きやすそうな服もそのままだ。

武器や防具を身に帯びることもない。

ただし。

「ほんと、『スキル』ってすごいよなあ」

「カァー」

ベルが背負う大岩が、変わっていた。

もともと五メートルほどの高さがあった岩は、いまでは二段重ねになっている。

つまり一〇メートル超。

ベルは苦しそうな顔をすることもなく軽々と背負っている。

ちなみに、「横を広げると森を通れなくなりそうだったので！」上に重ねたらしい。

岩というかもはやビルである。内部は空洞で荷物が積める。

「本当に信じられません。ベルさんのご家族が街に来た時の景色を、コウタさんにもお見せしたかったです」

「ここに来る時は『谷や森を通れないから』って背負子《しょいこ》を置いてきたんでしたっけ」

「ええ。ただ背負子と言いますか……街のまわりにね、山が増えたんですよ」

「やま」

「もちろん低い山ですけどね、それがいくつも並んで」

「僕はまだまだで、もっとがんばろうと思いました！」

「ベルの故郷が恐ろしすぎる。みんな優しそうな人だったけどなあ」

「カァー」

「でも、ベルはよかったの？　故郷の、家族の元に帰らなくて」

「はい！　僕は『一人前の荷運び人《ポーター》』ですから！」

「ま、まあベルがそれでいいならいいんだけど……」

「もちろんです！　コウタさんや商人さんに頼りにされて、運ぶ荷がたくさんあって……ここに来てから、ずっと充実してるんです！」

「そっか、そう言ってくれると嬉しいよ」

「導いてくれたカークさんと、受け入れてくれたコウタさんのおかげです。本当にありがとうございます！」

「うん……うん……」

ちょっと涙目になって鼻をすすりながらコウタが村内を進む。

門を越えると、道の左右にはポツポツと家が建っている。

クレイドル村の住人は、もう五人と一羽だけではない。

もちろん、クルトのアンデッドや意思疎通できる三体のボスモンスターをカウントしてのことでもない。

手を振る村人に挨拶を返してコウタが歩くことしばし。

やがて目的地が見えてきた。

村の東西を走る道と、湖へ出る道が交差する一角。

ひときわ大きな木造のそれが、コウタとカークの目的地。

クレイドル村名物の『交易所』である。

「コウタさん、僕は倉庫で荷下ろししてきますね！」

「私もここで失礼します」

「あっはい。しっかりね、ベル」

「はいっ！」

コウタに挨拶をして、ベルと商人は交易所の隣の建物に向かう。

そこは商人の支店で、裏手は倉庫となっている。

露店を別にすれば、クレイドル村唯一の雑貨屋である。

「じゃあ俺たちも行こうか」

「カァー」

ベルと商人を見送ったコウタが、交易所のスイングドアを押し開ける。

「こんにちはー」

「カアッ！」

クレイドル村の交易所は、「村の交易所」とは思えないほど広く、天井も高い。

広さも高さも、コウタがいた元の世界の、学校の体育館ほどだ。

木材の加工はディダが、基礎はアビーとクルトが、移住したドワーフと協力してつくった建物である。

　これほど広く高い空間が必要になったのには理由がある。

　ひとつは、山脈にへだてられた大陸西岸からさまざまな種族が取引に訪れるため。持ち込まれる荷が多く、倉庫も店舗も持たない西の行商人はこの場で商品を広げていたからだ。

　そしてもうひとつ。

「ご無沙汰してますだ、コウタさん」

「ディダのお父さん。あいかわらず大きいですねえ」

「そりゃもう、巨人族《ギガント》だもんで」

　交易所の片隅に集まる、巨人族《ギガント》のためである。

　ディダとともに山を越えて西の海を訪れたコウタたちは、巨人族《ギガント》と交流をはじめた。

　最初は物々交換を細々と。

　何度も往復するうちに、コウタたちはクレイドル村から巨人族《ギガント》の里まで続く道を整備した。

　たがいに行き来が増えて、ベルから話を聞いた人族の商人が村に出張って直接取引をするようになって。

　だったら、とコウタが発案したのがこの『交易所』だ。

　以来ここは、大陸西岸の種族が作る物品や素材を手に入れられる唯一の交易所となり、最果ての街・パーストの活気を生み出す原動力となっている。

「ディダならちょうど漁に出てますよ」

「おおっ！　なら新鮮な魚が手に入るべな！」

「はい。持ち帰り用の干物にするには待ってもらわないといけないでしょうけど」

「ぐふふ、なら獲《と》れたての魚を食べて待ってられるべなあ」

六メートルほどの体を丸めて、巨人族《ギガント》の男――ディダの父親――がニマニマ笑う。

道が整備されたといっても、クレイドル村から巨人族《ギガント》の里まで数日で行けるわけではない。

海の魚と違う淡水の魚は彼らにとってご馳走《ちそう》なようだが、持ち帰れるのは加工された品だけだ。

新鮮な焼き魚や刺身が食べられる出張組は役得らしい。

ちなみに「刺身」は、スキル【健康】を持つコウタやディダ、何を食べても平気なカークとクルト以外は食べるのに覚悟がいる。運が良ければお腹《なか》を壊さない。

「さあさあ、今日も大漁だべ！　買い手は――お父《とう》！」

「ひさしぶりだべ、ディダ。……また大きくなっただか？」

「んだ！　うぇへへへへ」

魚の入った網をかついで入ってきたのは巨人族《ギガント》の少女・ディダだ。

コウタが出会ってから一〇年経つが、ディダは「少女」のまま変わらない。

巨人族《ギガント》は寿命が長く、成長もゆっくりな種族だ。

だが、ディダにも変化はある。

三メートルちょっとだった身長は、いまでは三メートルと半ばまで伸びていた。

ディダ、念願の成長である。

アビーとクルトの推測通り、魔力量が増えて身長が伸びたようだ。

精霊樹《アンブロシア》の果実のおかげである。

もっとも、いまでも子供を除けば里で一、二を争う背の低さらしいが。

「お疲れさま、ディダ」

「コウタさん！　おら、疲れてなんかないだよ？」

「うん、よかった。でも気をつけてね、気づかないうちに疲れは溜《た》まってくものだから」

「わかっただ！　ありがとう、コウタさん！」

「カアッ！」

コウタの【健康ＬＶ．ｅｘ】ほどではないが、ディダも【健康】スキル持ちだ。

働きすぎを心配するのはコウタの取り越し苦労だろう。

人が増えても、村内の仕事が多岐にわたっても、クレイドル村にブラック企業はない。

村長であるコウタが過剰なまでに気にしているので。

「せっかくお父さんや里の人が来てるんだし、しばらく休日にしたら？」

「里に持ってってもらうなら加工しねえとだ！」

「誰かに頼んで……いや、自分でやりたいか」

「んだ！」

コウタとディダのやりとりに、出張で来た里の若者がガックリ肩を落とす。背を丸めたところで巨大な体は巨大なままだが、それはそれとして。

若者はディダが気になっているらしい。

村で暮らすようになって一〇年経っても、ディダは独身で恋人もいない。

背が伸びた、というよりも自信がついたことで巨人族《ギガント》の若者からモテはじめていたが、ディダはいまのところ色恋沙汰に興味がない。

「うん、まあほどほどにね」

「わかっただ！　けどおら、楽しくてしょうがないんだ。ほんとにありがとう、コウタさん、カークさん」

「ディダ？」

「コウタさんとカークさんがおらを受け入れてくれて、だからこんな楽しく過ごせてるんだべ」

「俺はきっかけだけだから。漁に木工に、前向きに楽しんでくれてるのはディダ自身だよ」

「カァー」

「それでもだ！　おら、毎日が充実してるんだ！」

ディダが目を潤ませてガシッとコウタの手を握る。

カークは、そんなしょっちゅう言わなくてもわかってるよ、とばかりに顔を背けた。照れてるのか。顔は黒いままだ。カラスなので。

「漁ができて、みんながおらを必要としてくれて……おら、小せえってことにこだわってたのが小さかったんだべなあ」

「ディダは大きいよ。体も、心もね」

「そ、そうだべか？　うぇへへへへ」

照れるディダのまわりを、交易所にいた人々がじりじりと距離を詰めていく。

小さな湖で獲れる天然の魚介と養殖魚の販売先は巨人族《ギガント》だけではない。

周囲の魔力が豊富なせいか、水揚げされるのは人族や獣人族の領域でも珍しい魚介で、獲った端から売れていく。

クレイドル村の水産を担うディダは、村に出入りする行商人の注目の的であった。

「そうだね、カーク。ディダ、俺はそろそろ行くよ。仕事はほどほどに、楽しんでね」

「カアッ！」

「わかっただ！　ありがとうコウタさん、カーク」

大きな体をぺこっと折って、ディダは一人と一羽を見送った。

恩人たちに、感謝の念をたっぷりこめて。


交易所を出ると、目の前にあるのは村一番の大通りだ。

と言っても、交易所と雑貨屋のほかは宿屋兼食堂兼酒場が一軒だけで、あと倉庫と民家があるだけだが。

余裕を持って広く取られた道を渡って、コウタとカークは斜《はす》向かいの宿屋兼食堂兼酒場に向かう。

遅めの昼食にするつもりなのだろう。

だが、一人と一羽は店と食料庫に挟まれた小道の手前で足を止めた。

壁と壁の間は狭く、小道は昼なのに薄暗い。

「カアッ！」

「カーク？　どうしたの、ってそうか」

ひと声鳴いたカークにつられて、コウタが暗い道の奥を見つめる。

「クルト？　それとも配下のヒトかな？」

見つめるだけでなく声をかける。

誰もいない、薄暗い路地に。

「コウタ殿」

闇からすうっとボロボロのローブが浮かび上がる。

コウタもカークも驚くことはない。

「やっぱりクルトだったか。どうしたの、何かあった？」

「うむ」

現れたのは古代魔法文明の生き残りアンデッドのクルトだった。

絶黒の森のダンジョンの主《あるじ》でもあるワイトキングと遭遇しても、コウタは平然としている。

なにしろクルトとも一〇年近い付き合いなので。

「カァ？」

「少々問題が起きたゆえな。コウタ殿に確認してほしいのだ」

「わかったよ。場所は？」

「案内しよう」

「カァー」

クルトに誘われて、コウタが暗がりに足を踏み入れる。

肩からカークが飛び立って、クルトが手にした禍々《まがまが》しい杖《つえ》に止まる。

二人と一羽は食糧庫に入り、そのまま地下室に下りた。

地下室は建物と建物の間の路地より明るい。

壁のくぼみや隅からぼんやりした光が放たれている。

ダンジョン苔《モス》である。

「では、飛ぶこととする」

「うん、お願いします。それにしても便利になったねえ」

「アビー殿ほど自由な転移はできぬがな。これも【ダンジョンマスター】ゆえであろう」

何気ない会話を終えると、そこはもう食糧庫内地下室ではなかった。

転移である。

瘴気があればダンジョン内のモンスターを召喚できたクルトは、一〇年の研究の結果、「ダンジョン内転移」を実現していた。

先ほどの通路と違って、二人と一羽が転移してきた空間は広い。

一〇メートル四方で、だいたい学校の教室ぐらいか。

「カアガアッ!」

「はは、そうだね。こんな風になってるなんて、住人以外は思いもしないかも」

「カァー。カァ?」

「ぜんぶ話さなくていいと思う。秘密があったって、俺たちの安全が第一だよ。もう戦える人たちだけじゃないんだから」

クレイドル村が発展したのは地上だけではない。

地下もまた発展していた。

発展というよりも、地下はダンジョンが広がりまくっていた。

絶黒の森の南の、アンデッドがはびこるクルトの研究所《ダンジョン》。

精霊樹を中心にした村の地下。

そして——

「ん！」

「こんにちは。みんな元気そうだね」

——精霊樹の苗木を象徴《シンボル》に発生した、絶黒の森北側のダンジョンまで。

ダンジョンが広がって複数のダンジョンとつながり、いまでは絶黒の森ほぼ全域の地下がダンジョンと化していた。

村を訪れる人たちはもちろん、大半の村人はその存在を知らない。

「三人がいるってことは、森の北側かな？」

「うむ。彼奴《きゃつ》らから連絡を受けてな」

「いつもありがとう、クルト。みんなも」

「ん！」

コウタに応えて、幼女がぐっと親指を立てた。指先からぴょこっと小さな花が咲く。

ドリアードである。

一〇年経っても見た目五歳程度の姿に変化はない。

幼女ドリアードの横で、女性がスカートをつまんで膝を折った。カーテシー風の挨拶だ。

大きく広がったスカートは、ワイヤーでも入っているように奇妙なシルエットを見せている。

人間に見られても騒ぎにならないように、ドレスを着ることを覚えたアラクネである。

シルエットはワイヤーではなく下半身の蜘蛛《くも》の足のせいだ。

二人――二体？――のややうしろにいる鹿も、一〇年前とはやや違いがある。

当初は黒かった体色はだんだんとくすんでいき、いまでは純白だ。

表面上は片ツノのままだが、左ツノがあった場所には「魔力でできた透明なツノ」が存在するらしい。

いずれも精霊樹の果実《アンブロシア》を食べ続けたゆえの変異ではないか、というのはアビーとクルトの推論だ。

「それでクルト、問題って？」

「北の地に侵入者がいたようでな」

クルトが三体のモンスターの背後に目を向ける。

部屋の片隅に、ぐるぐるに縛られて五人の男が転がっていた。

男たちを縛っているのはドリアードの蔓《つる》とアラクネの糸だ。

拘束さえ許さないコウタ並みの【健康ＬＶ．ｅｘ】スキルでもなければ、自力で抜けることは不可能だろう。

転がる男たちは村の住人や訪れる行商人はもちろん、冒険者や西岸の他種族と比べても薄汚れている。

剣や弓矢、短剣といった武器や、荷物が入っているらしきズタ袋はまとめて横に置かれていた。

「狙いはなんだろ。村に近づかなかったってことは、精霊樹じゃない？」

「奇襲とはいえ、戦いを挑んできたそうだ。この三体そのものが狙いであろうな」

「カァ？」

そりゃちょっと命知らずじゃねえか？とばかりにカークが鳴く。

姿は「幼女」「ドレス姿の女性」「鹿」であっても、その本質は強力なモンスターだ。

見た目で侮《あなど》って戦おうものなら一蹴される。

まあ、入念に準備したところでそうそう勝てるものでもないのだが。

「じゃあ『知性ある者に襲いかかった』ってことだね」

「うむ。いつも通り強制送還でよいか？」

「それでお願いします。警告文もつけてね」

「承知した」

「カァー」

コウタの裁定にクルトが頷く一方で、カークは、あいかわらず甘いことで、とばかりに首を振る。

「魔力『ぱたーん』は記憶した。次からは侵入させぬ」

「カアッ！」

「いつもありがとう、クルト」

クレイドル村に住人以外が訪れるようになってから、絶黒の森への道には「関所」が設けられた。

兵も守衛もいないが、関所には村の掟《おきて》が書かれた立て札が置かれている。

人間や他種族はもちろんのこと、知性あるモンスターに襲いかからないように、というのも掟の一つだ。

破った一度目は絶黒の森からの強制退去で、以後は立ち入りを禁じられる。

それでもカークやクルトの目を盗んで侵入した場合、命の保証はない。

この世界の「住人を保護する」ためのルールとしては甘めである。その住人にモンスターが含まれていることは別として。

捕らえた冒険者崩れの盗賊の横には、いつの間にかローブを着た骸骨がいた。

クルトの研究をサポートしてきたスカルウィザードである。元は。

長い時をクルトと過ごしてきたせいか、いまではさらに変異してスカルロードとなっている。

主に雑用をこなしていることに変わりはない。

「では先にコウタ殿を送るとしよう。先ほどの場所でかまわぬであろうか？」

「うん。このあと、食堂を見てくるつもりなんだ」

「カァ」

コウタとカークが同意すると、クルトはすぐに転移魔法の詠唱をはじめる。

周囲の風景が変わる直前。

コウタと目が合ったスカルロードは、ぺこっと頭を下げた。

ウチのクルトをよろしくお願いします、とばかりに。

クルトはいまだ理想の女性を創り出せていない。

だが、もしかしたら。

そう遠くない未来に、クルトは理想の女性を見出《みいだ》すかもしれない。

青い鳥が身近にいたように。


「こんにちはー」

「カアー」

「いらっしゃいませコウタ様！　カーク様！」

クルトと別れた一人と一羽は、細道を出てすぐ横の食堂兼酒場に入った。

村で唯一の飲食店を営む狼人《ろうじん》族の夫婦が勢い込んでコウタとカークを出迎える。なにしろこの村のトップなので。ではなく、この夫婦も一人と一羽に救われた身なので。

夫婦に挨拶を返したコウタがきょろきょろと酒場を見渡す。

午後も遅く、早めに仕事を終えた人たちで食堂兼酒場は賑《にぎ》わっている。

人族やドワーフ、獣人族に巨人《ギガント》族、種族もさまざまだ。

商人の護衛をしてきた冒険者の足元にはオオカミがちょこんと座り、止まり木ではタカが羽を休めている。

それどころか、隅のテーブルを囲んでいるのは緑の小人、ゴブリンだ。

絶黒の森およびクレイドル村では「知性ある者を襲ってはいけない」。

それはつまり、「人を襲ってはいけない」と理解してそれが守れれば、モンスターも暮らしていけるということでもある。

ドリアードやアラクネ、希望の鹿《ホープネス・ディア》はもちろん、クルトも分類は「モンスター」なので。カークも怪しい。

住人や顔見知りから挨拶を受けて、コウタが食堂兼酒場の奥に進む。

「コータ！　こっちこっち！」

「おかえり、アビー。けっこう時間がかかったね」

「ああ、いくら転移を繰り返してショートカットできるっても、さすがに大陸の東は遠かったぜ！」

柱と布で仕切られた席にいたのはアビーだ。

コウタと初めて出会ってから一〇年、いまでは二八歳になったが、見た目はさほど変わらない。

ローブ姿で髪を一つにまとめ、好奇心に目を輝かせて表情豊かだ。

貴族子女らしさはどこにもない。

「ほらコータ、お土産だ！」

「服？　それも高そうな……お土産にしては申し訳ないよ」

「いいのいいの。コータも、一着ぐらいちょっといい服持ってた方がいいだろ？　なんたってオレたちの長《おさ》なんだから！」

「それはそうかもしれないけど……」

「こっちじゃ高いけどな、帝都じゃそこまで高価じゃねえ。ベーシックなヤツにしたから長く着られるしな！　もらってやってくれって」

「じゃあ……ありがとう、アビー」

「おう！　カークにはこっちな！」

「カアッ！　カアカア、カアー！」

アビーが小袋の口を開けてテーブルの上に広げたのは木の実や果物だ。

いずれも絶黒の森では手に入らない種類である。

興奮したカークがテーブル上にバサッと降り立って木の実をついばむ。ご機嫌である。

「苗木も持ってきたんだ、あとで植えてみようぜ。育つかわからねえけど」

「おー、苗木。よかったね、カーク。……精霊樹かドリアードに頼めば定着するかな」

「どうだコータ、オレがいない間、なんか変わったことあったか？」

「さっき、ドリアードたちに襲いかかった人を捕まえた、ぐらいかな」

「またか。最近減ってきたのに懲りねえなあ」

「カアッ！」

「ああそうそう、カークが新しく連れてきた人たちもいたね。移住は希望しないけど、取引はしたいって」

「おおー、いいじゃんいいじゃん。今度はどんなヤツだ？」

「ほら、ちょうどこの店でお酒飲んでるよ」

「どれどれ……」

テーブルに身を乗り出して、アビーが店内を覗《のぞ》く。

ちなみにアビーが半個室に〈結界〉を張っているため、二人と一羽の会話はほかの客には聞こえない。

アビーの【空間魔法】で、音声だけを遮断しているらしい。

「ほらあそこ。頭に山羊《やぎ》みたいなツノが生えてて肌が青い女の人。種族が違うけど、まわりの人も仲間だって」

「アレか。豪華な服を着ててアクセサリーも高そうな宝石やら魔道具やらで……？　品がある上に尋常じゃない魔力……？　あれえ、なんだろ、なんか容姿に見覚え？　聞き覚え？　があるような」

「そういえば『王様』なんだって。大陸の中央にある小さな国だし、お忍びだから気にしないでほしいって言ってたけど」

「ふんふん、小さな国の王様。大陸の中央の……？　あああああああ！」

「わっ！　どうしたのアビー!?」

「青い肌で！　山羊ツノに！　コウモリみたいな翼で！　尋常じゃない魔力の！　王様！」

「うん。人族には『ある意味有名な国』らしいよ。知ってる、アビー？」

「はい確定！　どう考えても！　魔王です！」

「まおう。で、でも特に誰か襲ったりしないし、それにその、国は農業に向かないうえに強いモンスターも多くて生活が大変で、村と取引できたら嬉しいって」

「誰も知らなかった魔王の領域の真実が！　あっさり明かされすぎじゃないですかねえ！」

「村のルールを守ってもらえるなら、無理ない範囲で取引しようと思ってるんだけど……」

「うんまあ！　いいんじゃねえかなあ！　いまさらだし！　他種族どころかモンスターも暮らしてるぐらいだし！」

「カァー」

「よかった、アビー不在の時に決めたからちょっと心配で」

「そんなこと言うなよコータ。オレの反応はこんなだけどよ、共存できるならそれが一番だって。こうしてみんながうまくやってけてるのはコータの功績だぞ？」

「……ありがとう」

「それで、来たのは魔王様ご一行だけか？」

「ああ、もうひと組来たよ。移住とかじゃなくて、旅の途中で迷ってたどり着いたって」

「へえ、それでカークが連れてくるのはめずらしいな」

「えーっと、ああいた、あの人たち。人間で、大陸の東の方から来たって」

「マジか、オレと違って〈転移〉もできねえのに遥々《はるばる》と。どれどれ……」

ふたたびアビーが店内を覗く。

コウタが指差したグループを目にすると、固まった。

「アビー？」

「あああああ！　あれ！　勇者じゃねえかぁぁぁあああああ！」

「あ、うん、そんなこと言ってたね」

「しかもハーレム要員たちごと！　待て待て一人だけいる隻腕のおっさんって元剣聖じゃね!?」

「そういえば自己紹介でそう言ってたかも。クルトが『義手を作る』って張り切ってたよ。感想を教えてもらって素体づくりに役立てるんだーって」

「なるほどなるほど、一流の剣士によるフィードバックは参考になりそうだ、ってそういう！話じゃなくて！」

アビーがのたうちまわる。

見た目どころか仕草にも貴族子女らしさはない。

「だ、大丈夫だよな？　あれから一〇年経ってんだ、いまさら勇者についてけとか、じゃなきゃ結婚しろとかねえよな？　オ、オレもうただのアビーだし。家とは関係ねえし」

「カァー」

ブツブツつぶやくアビーに、カークが呆《あき》れたような声音で鳴く。貴族じゃない独身貴族は楽しそうだな、と皮肉げに。

「あっ」

「なんだコータ、今度はどうした？　オレはもうたいていのことじゃ驚かねえぞ」

「勇者さん？たちが、ほかのグループに話しかけた」

「ん？　ナンパか？　あいかわらず勇者はハーレム求めすぎだろってああああああ！」

「えっと……あっちの人たちは、魔王？さまとそのご一行なんだよね？」

「勇者が！　魔王に！　話しかけるとか！　わかっててやってんのか!?　それとも天然《ナチュラル》か!?　こんなところで最終決戦《ラストバトル》はじめるつもりか!?」

「えっ。ケンカぐらいならいいけど、本気の戦闘はちょっと」

「そうだな村の掟は『知性ある者を襲ってはいけない』だもんな！　勇者と魔王の戦いなんて禁止に決まってるよな！　ってそういうことじゃなくてだなぁぁぁああああ！」

「カァー。カァ、カア」

頭を抱えたアビーをよそに、魔王と勇者は和やかに話しはじめた。

おたがいの立場を知らずに談笑している。

「ほらアビー、大丈夫そうだよ」

「そうだな……よかったな……」

「それにほら、戦いになりそうだったら俺が間に入るから。俺、【健康】だし」

「そうだな……【健康ＬＶ．ｅｘ】だもんな……勇者も魔王もコータを傷つけられねえもんな……」

テーブルにつっぷしたアビーが、遠い目をしてボソボソ言っている。

精霊樹と小さな湖のほとりで、コウタやカークと暮らすようになってから、アビーは変わらない。

一〇年が過ぎて歳《とし》を取っても、思うまま自由に生きている。

研鑽《けんさん》した〈転移〉魔法で、大陸横断を果たせるようになっても。

コウタやカーク、自由すぎる村の自由人たちに振りまわされるのもまた、変わらないようだ。


「カァ?」

「今日はあっちで寝ようかと思って」

「カァー」

「うん、じゃあカークも一緒に行こうか」

カークを肩に止めて、枕を抱えたコウタは家を出た。

すぐ前は、精霊樹と小さな湖を望める広場だ。

コウタの家は、いまにも崩れ落ちそうなボロい犬小屋から様変わりしている。

リビングのほかに、村の主要メンバーが集まって話し合う場所となる広いダイニング。

キッチンや風呂、トイレといった水まわりもあって、コウタの寝室もある。

いわゆる１ＬＤＫの平屋建てだ。

ただ、コウタはときどき家以外で寝ることがあった。

広場の端を歩いて、すぐにコウタが立ち止まる。

正面にはこの一〇年でさらに大きく育った精霊樹がそびえている。

根元の手前には三段の小さな階段があり、奥には平台が置かれていた。

「今日もお供えがいっぱいあるね」

「カァー、カア」

「そうだね、いまのうちに移しておこうか」

祭壇である。

もっと立派なものをと望む住人もいたが、コウタは簡易な祭壇を望んだ。

大事なのは形ではなく気持ちだと。

あと、立派な祭壇ついでにコウタの家も豪華なものに建て替えられそうになったので。

村長になっても、村が発展しても、コウタは小市民であるらしい。

供えられた品を精霊樹の根元に置く。

こうすると夜のうちにお供えが消えるのだ。

精霊樹の仕業か、地上までダンジョン化しているのか、アビーとクルトの言が分かれるところである。

ぺこっと一礼してコウタが精霊樹に近づく。

祭壇がある根元の横。

そこに、コウタの身長ほどの御堂《みどう》があった。

扉を開けて、コウタはためらうことなく潜り込む。

御堂に御神体はない。

ただひと組の布団があるだけで、中は狭く暗い。

だが奥行きがある。

かつてコウタとカークが目覚めた、精霊樹のウロにつながっているのだ。

ここは、いまや村人の信仰を集める精霊樹そのものではなく、コウタとカークがこの世界に導いてくれた神に感謝する場であった。

「よし。今日もお疲れさま、カーク」

「カァー」

布団に潜り込んだコウタが、頭上の梁《はり》に止まるカークに声をかける。

村が発展しても住人が増えても農繁期で忙しくても遠征中も、コウタが寝る時はあいかわらずカークと一緒だ。

添い寝——ではない。カークはカラスなので。オスだし。

「カァー、カアカアッ！」

「そうだね、ちょっとビックリしたね。魔王と勇者が村に遊びに来るなんて」

ディダとドワーフが丹精込めてつくった、小さくとも立派な御堂に一人と一羽の声が響く。

「カァ？　カァー」

「うん、今度は大陸の中央に行ってみよう。アビーも〈転移〉で協力してくれるって言うし、魔王さま？に招待されてるんだ」

「カ、カア？」

「大丈夫大丈夫、歓迎式典？もしないし、こっそり案内してくれるって。魔王もコミュニケーション苦手なんだってさ」

「カァー」

「なんか親近感わくよね。話してみたら普通の人だったし」

「カァ。カア！」

コウタとカークが小さな声で会話する。

通じ合っているかはともかくとして。

夜、コウタが孤独を感じることも、未来への不安を感じることもなくなった。

一二年前、自室で動けなくなった時と違って。

一一年前、ただぼんやりと日々を過ごしていた時と違って。

一〇年前、この地で目覚めたばかりの頃と違って。

「明日もがんばろう。俺たちの、健康で穏やかな暮らしのために」

「カァ？」

「そう、俺たち。俺とカークだけじゃなくて、村の人たちだけじゃなくて……困ってる人を受け入れて、少しでも健康で穏やかな暮らしを送れるように」

「カァー。カア、ガアッ！」

「うん、見かけたらまた連れてきてね。三本足のカラス、【導き手】のカーク」

「カアッ！」

「いつもありがとう」

「カ、カァー」

「はは、そうだね。おやすみカーク。また明日」

「カァ」

ぼそぼそと小声の会話が終わって。

コウタは目を閉じた。

明日は何をしようかと希望を持って。

生活に変化をもたらすかもしれない明日を怖がらず。

モンスターのはびこる異世界で、コウタとカークと村の住人と、かかわる人たちが、健康で穏やかな明日を送るために。

困難に喘《あえ》ぐ人々を少しでも受け入れられるように。


コウタとカークがこの世界で目覚めてから一〇年が過ぎた。

絶黒の森に瘴気が渦巻き、人々の侵入を拒んだのは過去の話だ。

いまでは、絶黒の森の中央、精霊樹と小さな湖のほとりには立派な村がある。

どんな人間も他種族もモンスターも、「知性ある者に害をなさない」なら、いかなる存在でも受け入れる村。

クレイドル村は、傷つき、それでも懸命に生きる者たちが集まり、穏やかな暮らしを送れる村となった。

コウタが名付けに込めた願いの通りに。

ただ。

異世界で一〇年を過ごしても、あいかわらずコウタが冒険に出ることは少なかった。

いまのところ、最寄りの街・パーストと巨人族《ギガント》の里、その周辺の集落を訪れた程度である。

それでも、一ヶ月程度の長期遠征に出るようになったのは事実だ。

いまや「部屋じゃなく森に引きこもるようになっただけ」とは言えないだろう。たぶん。

農業に励《はげ》み、村人と交流し、時おり遠出して、時には新たな住人を受け入れて。

コウタは、心身ともに【健康】で穏やかな暮らしを送っていた。

コウタだけでなく、望んだ人たちとともに。

【健康】チートでダメージ無効の俺、辺境を開拓しながらのんびりスローライフする

MFブックス

【健康】チートでダメージ無効の俺、辺境を開拓しながらのんびりスローライフする 2

2023年3月25日　初版第一刷発行

著者	坂東太郎
発行者	山下直久
発行	株式会社KADOKAWA 〒102-8177　東京都千代田区富士見2-13-3 0570-002-301（ナビダイヤル）
印刷・製本	株式会社広済堂ネクスト

ISBN 978-4-04-680011-4 C0093

企画	株式会社フロンティアワークス
担当編集	中村吉論（株式会社フロンティアワークス）
ブックデザイン	Pic/kel（鈴木佳成）
デザインフォーマット	ragtime
イラスト	吉武
キャラクター原案	鉄人桃子

本シリーズは「小説家になろう」（https://syosetu.com/）初出の作品を加筆の上書籍化したものです。

ファンレター、作品のご感想をお待ちしています

宛先
〒102-0071　東京都千代田区富士見 2-13-12
株式会社 KADOKAWA　MFブックス編集部気付
「坂東太郎先生」係「吉武先生」係

二次元コードまたはURLをご利用の上
右記のパスワードを入力してアンケートにご協力ください。

https://kdq.jp/mfb
パスワード
kax88

● PC・スマートフォンにも対応しております（一部対応していない機種もございます）。
●アンケートにご協力頂きますと、作者書き下ろしの「こぼれ話」が WEB で読めます。
●サイトにアクセスする際や、登録・メール送信時にかかる通信費はご負担ください。
● 2023 年 3 月時点の情報です。やむを得ない事情により公開を中断・終了する場合があります。

使い潰された勇者は
二度目、いや、三度目の人生を
自由に謳歌
したいようです
あかむらさき
Akamurasaki
イラスト：かれい
最速で最強を手に入れる方法を知ってるか？
そう、それは「草むしり」だ!!

STORY
病弱で辛い日々を送っていたニコラは、
武器のサーバント・カタリナに
契約を破棄され死にかける。
ところが目覚めるとなぜだか彼は健康体で、
魔法も使えるようになっていた。
健康になった少年の、魔法を研究しながら
自由を謳歌する生活が始まる！
膨《ぼう》大《だい》な魔力を使って自由に生きる！
武器に契約破棄されたら健康になったので、幸福を目指して生きることにした
Since I became healthy after the contract was canceled from the weapon, I decided to live with the aim of happiness
嵐山紙切
Arashiyama Shisetsu
イラスト：kodamazon
MFブックス新シリーズ発売中!!
MFブックス

戦闘力ゼロの商人
～元勇者パーティーの荷物持ちは
地道に大商人の夢を追う～
異次元領域に物を保管できる
《倉庫》スキルとアイデアを
駆使して商売繁盛!?
3人目のどっぺる
Sanninme no Doppel
イラスト：Garuku
魔王討伐後に勇者パーティーから追放された元荷物持ちのアルバスは、
最弱の魔物にすら苦戦するほど弱かった。手切れ金として渡された僅かな
資金や、知識と経験を活かした仕事で食いつなぐ日々を彼は送るが、
とある村の薬草農家を救う妙案が功を奏し——。
MFブックス
MFブックス新シリーズ発売中!!

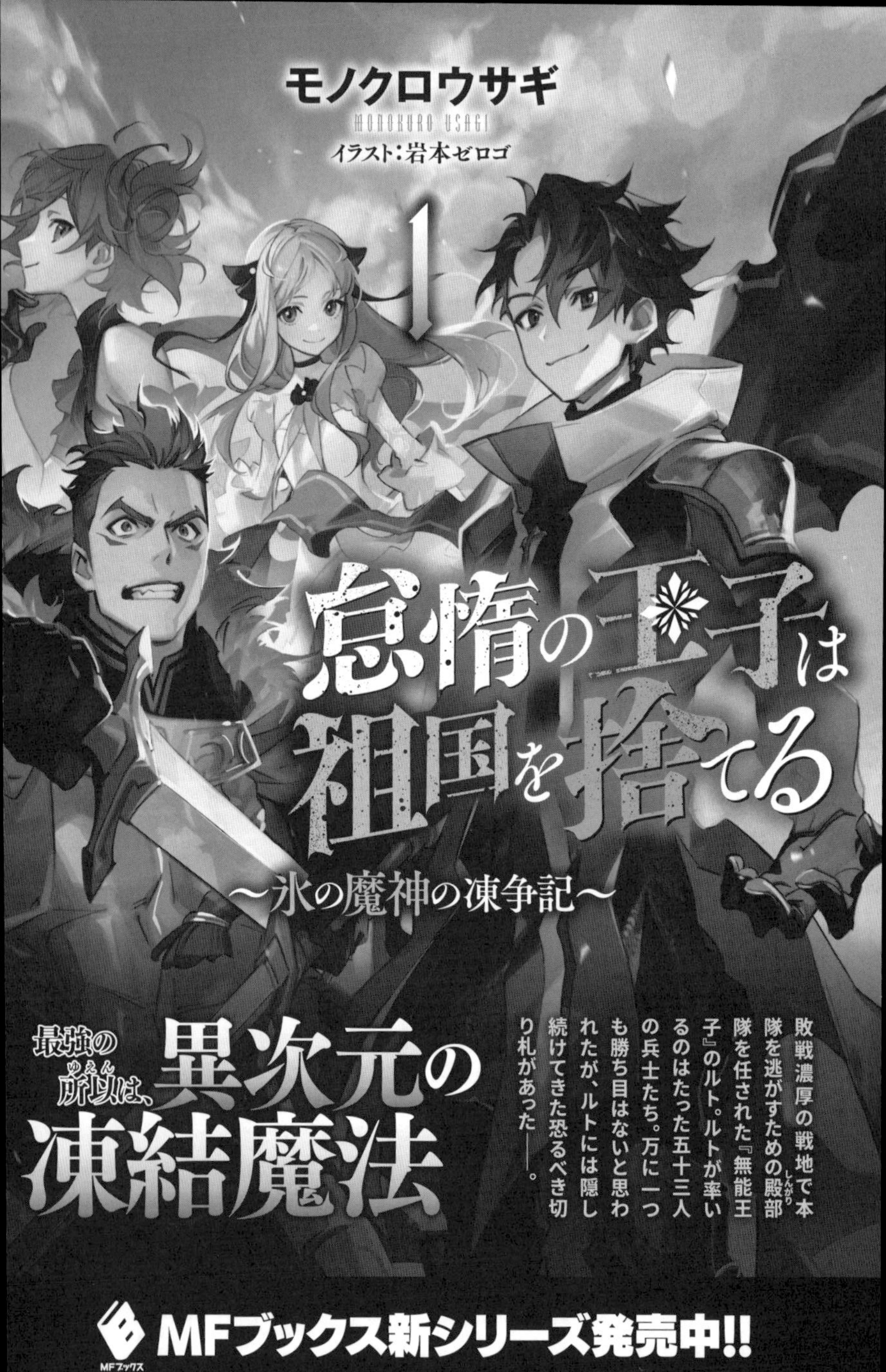
モノクロウサギ
MONOKURO USAGI
イラスト：岩本ゼロゴ
1
怠惰の王子は祖国を捨てる
～氷の魔神の凍争記～
最強の所以《ゆえん》は、異次元の凍結魔法
敗戦濃厚の戦地で本隊を逃がすための殿《しんがり》部隊を任された『無能王子』のルト。ルトが率いるのはたった五十三人の兵士たち。万に一つも勝ち目はないと思われたが、ルトには隠し続けてきた恐るべき切り札があった――。
MFブックス新シリーズ発売中!!